On ne voit bien qu'avec le coeur.

Antoine de Saint-Exupéry (1900-1944)
Le Petit Prince

1. Auflage 2008

Herstellung und Verlag:
Books on Demand GmbH, Norderstedt
ISBN 978-3-8370-7170-2

Ganz Ohr
Sam Ought

Sämtliche Vorfälle und Personen sind, sowohl was die Ereignisse und Örtlichkeiten als auch die Namen betrifft, frei erfunden und irgendwelche Ähnlichkeiten mit Lebenden oder Toten rein zufällig. Jede Haftung wird deshalb zum vornherein abgelehnt.

Der Regen trommelt gegen die Scheiben. Er spritzt gegen die Scheiben, in kleinen spitzen Tropfen, die hellscharf zerplatzen und als kleinste Rinnsale an der zersprungenen Fensterscheibe nach unten laufen. Irgendwo grollt der Donner, weil er keine rechten Blitze mehr zu erzeugen vermag, die mir Angst machen können.

Seit zweieinhalb Monaten ohne Arbeit ist auszuhalten. Seit zweieinhalb Wochen ohne Frau ist zum Davonlaufen. Wohin läuft man mit fünfundachtzig Franken Arbeitslosenunterstützung pro Tag bei einer Wohnungsmiete von vierzehnhundert Franken pro Monat?

Gestern hatte Ronnie angerufen. Er wollte mich zum Surfen einladen an den Urnersee. Den Sommer über hat der den Camper immer gepackt. Bereit zum Aufbruch. Das rollende Liebesnest mit Gasrechaud, Wassertank und Doppelliege. Stehhöhe garantiert. Ich hab ihm abgesagt. Er ist mir zu laut. Ronnie, nicht der Camper. Spricht von nichts anderem als seiner neuen duck-dive, die er nun perfekt beherrsche und von Silvia. Dito.

Gingerale and Jamson. Irischer Whiskey wird dreimal gebrannt, nicht nur zweimal wie Scotch. Macht ihn feiner, milder, rauchigzarter. Gilt wohl generell. Dennoch will sich niemand brennen lassen. Ich auch nicht. Ich bin bloss abgebrannt. Noch zweitausenddreihundert und was auf der Bank. Heute haben wir den dreiundzwanzigsten. In einer Woche will die alte Dame im obersten Stock die Miete sehen. Zwei Monate bin ich bei ihr in der Kreide. Gutes Herz und schwaches Herz (moralisch und physisch). Erlässt mir die Miete in der Vorahnung ihres baldigen Endes, das doch nie gewiss und deshalb aufreibend läuternd ist. Dreimal brennen macht mild.

Ich schere mich einen Deut um Kapitel. Ich liebe Absätze.

Gestern war ich auf dem Arbeitsamt stempeln. Dienstag ist mein Tag. Es ist ihr Tag. Wie es ihr Stempeln ist. Ich könnte ohne Wochentage und ohne Stempeln auskommen. Sie können es nicht. Eine Verwaltung ohne Wochentage kollabiert. Eigentlich eine tröstliche Idee: Nimm ihnen die Wochentage und sie wissen nicht mehr, was sie tun. Montagdienstagmittwochdonnerstagfreitag ist unerheblich, Das Datum entscheidet. Die Wochentage waren vor dem Datum. Wer den Tag nicht ehrt, kann den Monat nicht zählen, verliert die Jahre. Gewinnt die Zeit?

Ob ich Sibyl anrufe? Vielleicht hat sie mir einen Job. Ich hab keine Ahnung, woher sie immer ihre Aufträge hat. Tatsache ist, sie hat immer. Ich kann immer – und habe nie. Und selbst wenn sie mir keinen Job hat, mit ihr zu sprechen tut gut. Die Frau ist positiv, ohne missionarisch zu sein. Seltener Fall heute.

Vor ca. zwei Monaten gingen wir uns When Harry met Sally anschauen. Sagt sie nach dem Kino:

"Wetten, das bringe ich auch fertig."

"Was meinst du?"

"Das Gestöhn in einer Kneipe, so dass alle meinen, du besorgst es mir."

"Kannst du garantiert nicht. Dafür bist du doch viel zu gehemmt. Wenn du's schaffst, kriegst du 'ne Schachtel Luxemburger von mir."

Wir gingen ins Mère Cathrine. Nach einer halben Stunde bin ich raus gerannt. Hat mich ein Pfund Sprüngli Luxemburgerli gekostet. Lieber die Wette verloren, als diese Blicke noch länger ertragen zu müssen. Meg(a)CrystalClear. Die Männer konnten sich nicht entschliessen zwischen Bewunderung und Neid, die Frauen verachteten mich abgrundtief – mich, nicht etwa Sibyl. Ihr brachten sie sämtliche lila Sympathie entgegen, deren sie fähig schienen. Dabei hätte sie doch meinen Fuss, oder was immer die andern sich vorstellten, was es gewesen sein könnte, ganz einfach zur Seite schieben, hätte sie sich doch einfach erheben und auf die Toilette begeben können. Aber nein, in den Augen der weiblichen Mehrheit im Cathrine war ich der verabscheuungswürdige, nichtsnutzige yuppy-Vergewaltiger, den es mit Verach-

4

tung, Kopfschütteln, Zorn blitzenden Blicken, laut geäusserter Empörung und schliesslich fingernagelkratzenden Handgreiflichkeiten zu vertreiben galt.

Ich brachte ihr die Süssigkeit eine Woche später. Sie bat mich in ihre Viereinhalbzimmer Dachwohnung am Hang des Käferbergs mit Blick auf die Stadt, die Drogenszene und den See. Aber da dies alles weiter unten liegt, wenn man aus dem grossen Wohnzimmerfenster schaut, ihr zu Füssen, verliert es seinen Schrecken, wird ein zu diskutierendes Problem, das wir doch nicht lösen können. Schrecklich, sicher, dieses Elend auf der Gasse, diese Süchtigen an der Nadel. Und die Ozonwerte im Sommer. Die sind ja nicht einmal tiefer hier oben über dem Alltagssmog, im Gegenteil. Aber der See ist schön. Wenigstens haben sie die Süchtigen von seinen Gestaden vertrieben.

"Komm rein, Sämi, und liefere Deinen Tribut ab."

Sibyls rot gewelltes Haar, das sie in der Öffentlichkeit meist zu einem Rossschwanz zusammengebunden trug, fiel ihr auf die Schultern. Sie trug einen schwarzen Ledermini, der ihre gut geformten langen Beine in die Nähe der pretty woman rückte (obwohl es sich bei denen ja nicht um J.R.'s eigene handeln soll).

Ich hatte nur vier- oder fünfmal mit Sibyl geschlafen, und unsere Beziehung beruhte mehr auf dem zufälligen Du-gefällst-mir-und-ich-hab-Zeit-Prinzip als auf einer systematisch gepflegten Beziehung. Was ich an ihr schätzte war ihr Humor, den sie auch in schwierigen Momenten nicht vergass. Und schwierige Momente hatte ich im Bett öfters mit ihr erlebt.

"Dein unwürdiger Wettpartner begleicht seine Schulden. Und ich gestehe: Dass ich verloren habe, schmerzt mich mehr als die vierzig Franken."

"Nun nimms mal nicht so tragisch. Ich war eben einfach zu gut für dich. Und ich geb zu, nachdem die ersten Hemmungen einmal überwunden waren, hat's mir richtig Spass gemacht, all die schockiert-neidischen Gesichter zu sehen, die nicht wussten, ob sie dich zum Teufel jagen oder bewundern sollten. Mich hat nur gewundert, dass du nicht zur Gegenoffensive ausgeholt und dich plötzlich, von Krämpfen geschüttelt, auf dem Boden gewälzt hast."

"Ich war völlig erstaunt über deinen Akt, den ich dir nie

zugetraut hätte. Ich hab dich aus meiner intimen Erfahrung mit dir ganz anders eingeschätzt."

"Da sieht man, wie wenig einfühlsam ihr Männer seid. Keine Ader, das kreative Potential einer Frau offen zu legen."

"Dabei fühlte ich mich jedes Mal potentiell besonders kreativ, wenn wir zusammen waren. Ut desint vires tamen est laudanda voluptas."

"Einer genügt mir, aber darauf hätt' ich Lust."

Sibyl setzte sich auf ihr schwarzen DeSède Ledersofa und ich nahm im Clubsessel (schwarze Lederimitation, abwaschbar) Platz.

"Entschuldige die schulmeisterliche Korrektur, aber vires ist nicht der Plural von Mann, sondern von Kraft. Kleines Latinum, solltest du als Juristin eigentlich wissen."

"Ich hab nichts gegen Kraft und nichts gegen Männer, und kräftige Männer sind mir die liebsten."

Was war mit der Frau los? Gut ausgesehen hatte sie schon immer, oder wenigstens seit den drei Jahren, da ich sie kannte. Wir hatten uns dank des öffentlichen Verkehrs kennen gelernt (nicht was Sie denken) als ich in der Stosszeit (gibt es eigentlich keine anständigen deutsche Wörter mehr) am Stauffacher auf den Dreier wartete. Sibyl hatte zu jener Zeit noch ihre Zweizimmer-Altwohnung im Quartier der Langstrasse, die sie während ihres Studiums bewohnt hatte und war auf der Suche nach etwas Standesgemässerem, nachdem sie jetzt in einer bekannten Anwaltspraxis arbeitete und mit Wirtschafts-, Steuer- und Fluchtgeldfragen ganz schön verdiente.

Aber an jenem Herbsttag vor knapp drei Jahren wusste ich das alles noch nicht, sondern wartete ZVV-ergeben auf meinen Anschluss, der irgendwo im individuellen Abendverkehr steckengeblieben war und die Menschentraube gegenüber MacDonald's minütlich anschwellen liess. Nach einem Zweier und zwei Vierzehnern kam ein Neuner, aus dem sich eine Leiberwalze ergoss. Mitten in ihr spülte es mir Sibyl vor die Füsse, mit zwei Papiertragtaschen im Arm und einem weiteren Einkaufssack zwischen rechtem Ellbogen und Hüfte eingeklemmt, während am linken Handgelenk noch ein ziemlich ramponierter Schirm baumelte, der für das Unglück und mein Glück verantwortlich war. Dieser hatte sich nämlich beim Aussteigen am Handlauf verfangen, so dass Sibyl strauchelte und das Gleichgewicht zu verlieren drohte, was die eine Papiertasche schamlos ausnützte und ihren Inhalt auf den Gehsteig zu verteilen begann. Sibyls rascher Griff nach der freigebigen Tüte verschloss das Konsumfüllhorn, liess sie jedoch ziemlich unsanft mit mir zusammenstossen, was ihr der Einkaufssack unter dem Ellbogen nicht verzieh und platzte. Ein Whiskas, zwei CocaCola light, eine Strumpfhose, eine Packung Papiertaschentücher, zwei Packungen Kondome und ein ehemaliges Stück Erdbeertorte mit Schlagsahne auf dem Trottoir und an meiner Flanellhose legten Zeugnis ab vom verlorenen Kampf gegen die Tücken des öV.

"Kann ich Ihnen behilflich sein."

Nicht originell meinerseits, geb ich zu. Aber mit der guten Hose ruiniert und ohne Aussicht auf das falsch platzierte Stück Erdbeertorte war es gar nicht so leicht, originell zu sein. Ohnehin fallen mir die originellen Sprüche nur dann ein, wenn ich sie nicht gebrauchen kann.

"Jetzt wohl nicht mehr, es sei denn, sie leihen mir Ihre Hose, damit ich noch zu meinem süssen Nachtisch komme."

"Wenn's weiter nichts ist", sagte ich. "Aber ich komm lieber als ganzer Teller mit, als dass ich Sie meinen Mannesstolz in Gefahr bringen lasse. Männer in Unterhosen sind nun mal kein erhebender Anblick."

"So ungerecht ist die Welt."

Statt in meinen Dreier stieg ich in ihren Achter. Eine Viertelstunde später sassen wir bei Kaffee und Zitronenroulade. Sibyl hatte Geist und sah gut aus, war witzig und intelligent. Und schien unabhängiger zu sein, als ihr lieb war. Darin täuschte ich mich. Wir gingen zusammen öfters ins Kino. Montags zu neun Franken. Sahen A Few Good Men und The Scent of a Woman, bewunderten Al Pacino und seinen erotischen Tango, Tom Cruise und seinen heroischen Mut, kamen nach Hause und liebten uns mit dem verzweifelten Mut erotischer Anfänger, deren Leistungsdruck durch die freizügigen Siebzigerjahre und die AIDS-gefährdeten Achtziger in Schwindel erregende Höhen getrieben worden war und jeden Beischlaf zu einem Halbmarathon ohne Siegerehrung werden liess. Die Sache war unbefriedigend und blieb es die zwei oder drei andern Male, an denen wir intim wurden, bis wir merkten, dass unsere Stärke im Zusammensein nach dem Du-gefällst-mir-und-ich-hab-Zeit-Prinzip lag, das von diesem

Moment an vom Imperativ der sexuellen Bestätigung befreit war.

Und dann die Szene im Mère Cathrine. Ich musste die Frau unterschätzt haben.

"Und nur gespielt war es nicht."

"Wie bitte?"

"Ich habe gesagt, sie sei nicht nur gespielt gewesen, die Szene im Cathrine. Ich fühlte mich erotisch, wie öfters in letzter Zeit – wie auch jetzt."

Sie fuhr sich mit der Zunge langsam über die halbgeöffneten Lippen und öffnete ihre Schenkel unmerklich, ohne meine Blicke ins Halbdunkel unter ihrem Mini eindringen zu lassen. Die hinter ihrem Rücken stehende Colani-Leuchte half ihr bei ihrer Verschleierungstaktik.

In meiner Hose begann es sich zu regen. Sie erhob sich und ging zur Bar hinüber, die in einer knallig bemalten oil drum untergebracht war, das sie aus einer ihrer Karibik-Segelferien mitgeschleppt hatte.

"Noch immer Jamson mit Gingerale?"

"Ich versuch auch Sibyl on the rocks, wenn du keine kalten Füsse bekommst."

Sie lächelte, goss mir einen dreifachen Jamson mit einem Vorwand an Gingerale ein und nahm sich einen weissen Martini, stirred. But I felt shaken.

Bevor sie die Drinks rüberbrachte, legte sie A Saucerful of Secrets der lila Altrocker auf, kehrte mir mit leicht gespreizten Beinen den Rücken zu und zog sich langsam ihren Pullover über den Kopf. Niemand hat mir bisher eine plausible Erklärung dafür geben können, weshalb Frauen ihren Pullover mit gekreuzten Armen von unten nach oben über den Kopf streifen, während Männer ihn am Kragen packen und sich mit gekrümmtem Rücken seiner entledigen. Über solche und ähnlich wichtige Fragen lernt man weder in der Schule noch auf der Universität etwas – und schon gar nicht im Leben. Dabei könnte es von einiger Wichtigkeit sein, ob das Pullover-Ausziehen genetisch festgelegt ist oder reine Erziehungssache. Ich warne Sie, versuchen Sie keine vorschnellen Antworten. Daran sind schon ganz andere Leute gescheitert.

Als sie sich umdrehte und mit verhalten langen Schritten auf mich zukam, trug sie noch ihren schwarzen knappen Mini, einen schwarzen BH, dunkle Nylons und schwarze

Lackpumps mit hohen Absätzen. An der Höhe der Absätze lässt sich die erotische Ausstrahlung einer Frau millimeterweise messen: Je höher desto stärker – aber nur bis zu einer den Fuss in keiner Weise verkrümmenden Höhe, die, ist sie überschritten, Erotik zur billigen marktschreierischen Nuttigkeit verkommen lässt, die entweder zu vorzeitiger Impotenz oder einer Geschlechtskrankheit führen wird. Einen halben Meter vor mir blieb Sibyl stehen, reichte mir meinen Drink, nahm einen Schluck aus ihrem Glas, stellte es auf den Clubtisch und öffnete den Reissverschluss ihres Minis. Sie streifte ihn über ihre Hüften, liess ihn auf den Boden fallen und zog noch, während er niederglitt, ihren dunkelroten Tangastring über den hohen Hüftknochen fest, so dass sich ihre Scham deutlich in den Stoff zeichnete.

Ich brauchte einen weiteren Schluck und wäre froh um mehr Gingerale und weniger Whiskey gewesen, oder dann um reinen Whiskey – vielleicht viermal gebrannt.

Langsam öffnete sie ihren BH, liess mich ihre kleinen straffen Brüste erahnen, schlüpfte aus den Trägern und warf die textile Kleinigkeit achtlos – verächtlich – in einen Winkel. Ihre Brustspitzen standen dunkelrosa starr, und ich musste meine Hose öffnen, um sie zu retten.

Sibyl liess sich herab und machte auf Französisch weiter, schien jeden Augenblick auszukosten und hatte unendlich viel Zeit. Ich wollte ihr den Tanga ausziehen, sie bedeutete "no-no" mit dem Zeigefinger, ich wollte ihn ihr abreissen, sie schüttelte ihre roten Locken und zog ihn jedes Mal straffer zwischen den Schenkeln hinauf. Wir spielten $9^1/_2$ mit den Eiswürfeln (nicht Wochen, aber mir kam es so vor), und Sibyl verblüffte mich mit immer neuen Einfällen einer erotischen Phantasie, die ich ihr niemals zugetraut hatte. Als wir beide schliesslich in einem Wirbel orgiastischer Lust zum Höhepunkt kamen, trug sie ihren dunkelroten Tanga noch immer. Noch dunkelroter.

Das war vor sechs Wochen gewesen. Ich werde sie heute Abend anrufen. Und sei es nur, um unser Gespräch nach jenem erotischen high noon weiterzuführen, in dessen Verlauf ich begonnen hatte zu ahnen, was Sibyls Sexualität geweckt, und doch nicht herausbekommen hatte, was sie so tantrischbeherrscht hatte werden lassen.

Wie wenig wir von den wirklich wichtigen Dingen im Leben sprechen: Geburt, Tod, Treue, Ehrlichkeit, Bescheidenheit, Lust, Angst, Neid, Leiden, Opfer bringen. Viel Wichtiges gibt es nicht. Gerade genug, damit ein Leben genügt das Wichtigste vom Wichtigen zu lernen. Und wir vertrödeln es mit Alltagskleinkram, Karriereplänen, Ferienzielen, Unmut über das Wetter, die Nachbarn und die Berufskollegen. Das neue update für den PC nimmt uns mehr in Anspruch als die Angst unseres Siebenjährigen nach dem Horrorvideo im Hause seines Schulkameraden.

Ich werde sie anrufen heute Abend.

Das Telefon läutete. Es war Ronnie. Heute gehe er für vier Tage an den Gardasee. Ob ich Lust hätte, mitzufahren. Gestempelt hätte ich ja wohl schon. Ha ha. Monica komme auch mit. Die mit 92-63-90. Nein, Silvia habe zu arbeiten. Ihr Chef sei sauer, wegen der Wirtschaftslage.

Ich sagte, ich könne ihm nicht folgen und hängte auf.

In der Bäckerei um die Ecke warteten vier Leute vor mir. An Tagen wie diesen, an denen ich mit mir selber nicht viel anzufangen weiss, gestatte ich mir den Geruch von frisch gebackenem Brot und den Luxus zweier ofenfrischer Buttergipfel. Die kleine Quartierbäckerei, die es an diesem Ort seit hundertdreiundzwanzig Jahren unter sieben verschiedenen Besitzern gab – die letzten vier Besitzer wechselten innerhalb der letzten dreissig Jahre – hatte sich gegen die übermächtige Konkurrenz der Mmmmmm-Supermarktkette, die sich vom Flussplatz aus ins ganze Quartier ergoss (was für eine ökonomische Obszönität), nur halten können, weil sie Holzofenbrot verkauften, über Mittag hausgemachte belegte Brote und zu Parties spezielle Riesenbretzel mit bis zu acht verschiedenen Füllungen nach Wunsch. Nischenproduktion.

Die Buttergipfel waren ausgezeichnet. Durften sie sein bei zwei Franken das Stück. Der Regen hatte aufgehört. Die Strassen spielten anthrazit zu grau. Die Zeitungskasten tropften bunt vor sich hin: Roter Blick, blauer Tag und die NZZ eine Spur kühler. Die Beamten unserer Stadt wollen sie grau, deshalb sei der Status quo hier festgehalten für die Nachwelt. Ich hatte meine Zeitung abbestellt, als ich den Job verlor. Einzelexemplarbezug bei schreienden Schlagzeilen oder ebensolcher Ungerechtigkeit. Wie gut sie sich zwischen Werbung und Kommentar, Unfällen und Verbrechen, der ersten und der Letzten Seite zu verstecken weiss. Bis Ende Jahr läuft meine Mitgliedschaft im einzigen Club dieser Stadt, der in England eine Chance hätte. Museal sind nur die Mitglieder, nicht die Zeitschriften und Bücher, die die Gesellschaft ihren Mitgliedern in viktorianisch hohen Hallen zur Lektüre bereithält. Erstaunlich, dass Studenten und vor allem -innen Zutritt zu diesen heiligen Hallen haben. Subventionen öffnen manche Tür. Hat Philipp von Mazedonien vor langer Zeit schon festgestellt. Nur kriegerischer formuliert; so wie's heute wieder stimmt in diesem KZ blindwütigen Hasses. Das Angebot ist formidabel: Ein MG unter den öffentlichen Bibliotheken und Lesesälen. Müsste bei Kriegsausbruch geschlossen werden, da nicht zu zensieren. Aus der Quantität lässt sich Qualität ziehen. Gilt wohl nur noch für Zeitungsleser.

Wenn er nicht gestohlen worden ist, nehme ich mir jeweils neben Tarnmaterial den Playboy. Meistens liegt er aber nicht auf, da ihn jemand mitlaufen lassen hat. Zutritt nur für Mitglieder. Warum nicht die Menukarte studieren, wenn einen das Alter auf Diät gesetzt hat. Mann muss ja nicht selbst können, um an den leckeren Gerichten Freude zu haben. Mit den Augen essen ist oft gesünder als die Liebe, die durch den Magen und weiter unten geht. Das Playboy-Menu ist diesen würdigen Hallen zumindest würdig. Und natürlich auf amerikanisch. Das schützt es vor allzu häufigem Diebstahl. Die Bilder allein gleichen sich zu sehr von Ausgabe zu Ausgabe. Deshalb lese ich es. Auch.

Seit zwei Wochen hängen die Glückskarpfen über dem Fluss. Einen Monat Kultur und Ausland können wir uns gerade noch leisten. Dieses Jahr zum letzten Mal. Die Rote Sonne hinterlässt rote Zahlen. Nicht nur sie, aber sie auch. Und das Staatsparlament tagt gegenüber. Der Fluss zieht unter ihm weg. Sie lärmen einmal pro Woche, manifestieren ihre Ohnmacht in der geschützten Gesetzeswerkstatt der Demokratie. Ob Session oder wöchentliche Sitzung spielt keine Rolle. Der Fluss ist stärker. Er läuft Tag und Nacht. Er ist in seinem Element. Siddharta. Die über ihm tagen sind es nicht. Sie spielen sich und dem Volk etwas vor. Panem et circenses. Gilt noch immer. Wird immer gelten. Und kom-

11

munal streiten sie sich über die eingezäunten Wasservögel weiter oben im Fluss. Die Vögel hat niemand gefragt. Nicht, als sie eingesperrt wurden. Nicht, da sie befreit werden sollen. Auch hier fehlt eine Dolmetscherin.

Von der Ausflugshöhenkette im Westen jagen die heller werdenden Stratocumuli über den See. Nordwest bläst. Kaltfront. Segelwetter. Ich hab' kein Boot mehr. Für die Jolle zu alt – sei ehrlich: zu bequem – zu arm für 'ne Yacht. Letztes Jahr konnte ich eine benützen, gegen Pflege und Unterhalt. Ein Schiff stirbt, wenn es stets nur an der Leine liegt. Der See ist voller Leichen. Aber die Eigner sind vermögend genug, sich auch eine Leiche leisten zu können. Zum Segeln bei zwei bis vier Beaufort genügt eine aufgetakelte Leiche. Make-up: Radar oder GPS und eine starke Maschine. Mit den meisten Potts könntest du übers Meer. Hier verschwinden sie ab 5 Bf in den Häfen und an die Bojen.

Ich hab' nach dem Segeln an einem heissen Augusttag rein Schiff gemacht. Nackt. An der Boje nach sauberem Anlegemanöver mit perfektem Aufschiesser. Sprang ab und zu ins Wasser, um mich abzukühlen. Bei 52 Grad an der Sonne und 36 unter der Schiffsdecke. Rings ums Bojenfeld baden sie nackt. Zumindest oben ohne. Seit Jahren. Geduldet von der puritanischen Stadt. Er pullte an mir vorbei in seinem Dinghi. Weisses Hemd, weisse Hose. Stolzer Besitzer eines m2. Der Präsident des Yachtclubs. Kein Wort zu mir, übersieht er meine Nacktheit feige.

Ich geniesse die Saison. Diesen Winter soll das Boot zum ersten Mal seit langem nicht aus dem Wasser. Ich möchte sie segeln, wenn die Zeit für Rilkes Winde gekommen ist. Wenn die Nebelschwaden aus dem See dampfen und die Ufer verschleiern. Wenn unsere Handvoll sich ohne Namen kennt und grüsst, wenn sich die Kurse kreuzen. Wenn die wenigen Segler auf dem Wasser sind, die den Winter ohne Krängung, Gischt und leichtes Schlagen der Tücher nicht überleben. Die sich nach ihrer Sucht sehnen und voller Sehnsucht sind.

An einem Spätnovembertag lass ich das Beiboot zu Wasser. Die Flotte liegt noch vertäut. Am Raddampfer entlang, zwischen den Dalben hindurch und den leeren Bojen. Auf der geschwungenen Brücke füttert ein Mädchen die kreischenden Möwen. Die Schwäne und Enten lassen sich nur ungern von meinen Riemen vertreiben. Sie schliessen die Lücke hinter dem Heck, als hätte ich nie ihren Pulk durchschnitten. Ich kenne die Route, den Blick über die Schulter hat die Peilung über Heck abgelöst. Als ich längsseits gehen will, ist die Yacht nicht da. Die Boje ist leer. Mir wird heiss in der dicken Jacke. Hat sie sich losgerissen bei den schweren Stürmen der letzten Tage? Das Bojengeschirr fehlt. Keine zerrissenen Festmacher, kein fasernder Tampen. Wo ist die Yacht?

Ich lud ihn zum Mittagessen ein. Er müsse mit mir reden, hatte er am Telefon gesagt. Das Boot hätten sie anfangs November aus dem Wasser genommen. Wie stets. Entgegen unserer Abmachung. Ich war enttäuscht und sollte es bleiben.

Der Präsident habe mich nackt auf dem Schiff gesehen. Das gehe nicht, verstosse gegen die Regeln des Clubs. Ich verstehe, hätte mich entschuldigt. Als Skipper auf See sehe ich selber dazu, dass wir nicht unbekleidet ein- und auslaufen. Ein Wort des Herrn Präsidenten hätte genügt. Ich hätte mir was übergestreift. Auch wenn um mich herum Nacktheit war. Er, der Präsident, habe ihn vor die Alternative gestellt: Boje verlieren oder mir das Schiff verbieten. Ich müsse verstehen.

Ich verstehe nicht. Das Schiff liegt seither unbenutzt an der Leine. Stirbt vor sich hin. Das verstehen die nicht. Einer, der so wenig Zivilcourage hat, kann kein Segler sein. Segler hat's nur eine Handvoll.

Zurück dem Fluss entlang zum klassizistisch-schlichten Polizeiwache-Café. Berühmte Architektin hat anstelle früherer Fleischmarkthallen zeitlose Eleganz in Grau gesetzt. Die Preise sind ebenfalls zeitlos – hoch. Mich entschädigt die Aussicht. Eher die Ansicht. An den ungenormt eckig verschachtelten Häusern unter dem Lindenhof verliert sich der Blick in all jenen Details, die wir dem rationellen Bauen und Wohnen geopfert haben. Teure Wohnlage, weil die Renovation teuer war. Dabei sollten die Schipfe-Wasserschöpfi-etc.-Bewohner Direktzahlungen erhalten: Optische Kulturlandbewirtschaftung und Erhalt visueller Lebensqualität. Und der Fluss taucht aus dem Halbdunkel der Gemüsebrücke ins Sonnenlicht, neert hinter dem Halbrund der Pfeiler und strömt zur nächsten Brücke. Er lässt die Weidlinge des Pontonierklubs auf den kaum wahrnehmbaren Wellen schaukeln. Die ersten MittagspäuslerInnen machen es sich auf der Ufermauer und dem Steg bequem. Ich ziehe die schattige Kühle in der Steinsäulenarkade vor.

Erst als ihr die Zeitung herunterfällt, nehm ich sie wahr. Ich bücke mich, wir stossen zusammen. Ihre Augen sind grün.

"Danke." Ihre Stimme ist angenehm dunkel.

"Gern geschehen – besonders wenn ich sie nach Ihnen auch lesen darf."

"Sicher; das scheint mir das sinnvollste Recycling zu sein."

"Wenn alle Grünen so aussehen, tret ich bei."

Ihr Lachen ist ansteckend. "Keine gute Voraussetzung für einen Parteibeitritt. Solche wie Sie nehmen wir nicht – nur noch Überzeugungstäter."

"Sie haben mich schon längst überzeugt."

"Mir scheint, vom falschen. Das einzig Grüne, das ich an Ihnen entdecke, ist Ihre Bereitschaft, meine Zeitung kostenlos zu benutzen."

"Ihr Café ist bezahlt."

"Versuchen Sie's jetzt mit Bestechung?"

"Mein Gott, wie kratzbürstig."

"Nur bei Schmutz, der stark klebt."

"Okay, Sie haben gewonnen. Geben Sie mir Ihre Adresse, damit mein Anwalt Ihnen das Schmerzensgeld überweisen kann."

"Einer, der nie aufgibt. Solche Männer braucht das Land. Heute in einer Woche, falls Ihnen bis dann die Ideen nicht ausgegangen sind."

Sie lächelte noch einmal charmant, erhob sich und verschwand um die Ecke. Die Zeitung blieb liegen.

Ich rief sie das erste Mal gegen fünf Uhr an. Wahrscheinlich war sie noch in der Kanzlei. Obwohl man bei Sibyl nie sicher sein konnte. Ihre Arbeitszeiten schienen sich mehr nach den Mondphasen als nach den üblichen Geschäftsstunden zu richten. Mehr als einmal hatte ich sie morgens um drei im Büro erreicht und um zwei Uhr nachmittags zu Hause.

Als sie meinen Anruf beantwortete, war es halb acht und mein sechster.

"Sibyl – Sam. Ich kann die Luxemburger nicht vergessen und wollte dich fragen, ob du für einen kleinen Arbeitslosen irgendwann ein paar Minuten übrig hättest."

"Hör dir das an: mein intellektueller Sozialfall. Und dass er klein ist, hast du gesagt. Sicher Sämi, wenn's nicht länger als fünf Minuten dauert, hab' ich doch immer Zeit für dich. Warum kommst du nicht gleich vorbei und wir sehen, was sich ruckzuck machen lässt. Bis gleich!"

"Ich…". Sie hatte aufgehängt.

Eine halbe Stunde später klingelte ich an ihrer Haustüre unten. Door control. Face control. Control yourself. It's me, Sam öffnet die Türe. Fünf Stockwerke ohne den Lift zu benützen, zwei Stufen auf einmal, ca. 25 Sekunden, Puls nicht mehr als achtzig – schon wieder sechzig Sekunden Leben gewonnen. Ich klingle an der Wohnungstür. Niemand antwortet. Zum zweiten, dritten. Die Türfalle gibt nach. Ich stehe im Gang, Blick ins Wohnzimmer mit der phantastischen Aussicht.

"Sibyl?" – Keine Antwort.

"Sibyl!" – Ich giesse mir meinen Gingerale-Jamson ein und setze mich aufs Ledersofa. Im Westen beginnt sich der Himmel rosa zu färben. Der Funkturm hat noch nicht auf Nachtblinken umgeschaltet. Nachdem er neu erbaut war, hatte er mich einmal an der Nase herumgeführt. Ich kam auf meiner 125er über die grosse Brücke über den Geleisen vom Ostteil der Stadt zum Quartier zurück, in welchem ich wohne. Doppelspur, sechzig Stundenkilometerbeschränkung, disziplinierte Kolonnen. Den Funkturm genau vor der Nase. An der Spitze weisses Gleichtaktfeuer, zwei Sekunden. Aus der Busbucht schiebt sich ein blauer Diesler zwischen mich und den Turm. Helmvisier herunter gegen die Russvergiftung, runterschalten, Abstand gewinnen. Der Bus hat die Haltestelle am Fuss der Brücke im Visier. Blinker links, Blick zurück, ich überhole ihn. Vor dem Eintauchen in die Allee, die zum Kreiselplatz ohne Kreisel führt, sehe ich den Turm wieder: Roter Gleichtakt, drei Sekunden, an der Spitze und dreifaches Festfeuer entlang der hohen Turmspitze. Ich denke ich spinne. Eine Woche später nahm ich mir eine Stunde Zeit, das Phänomen zu klären: Die schalten um Dämmerung und Nacht.

Harry met Sally. Irgendetwas stöhnte. Ich stellte mein leeres Glas auf die drum Bar und nahm die Tonspur auf. Das Stöhnen war leiser geworden, aber deutlicher. Es kam aus dem hinteren Teil der Wohnung. Aus einem der abgeschlossenen Zimmer. Drei Türen waren zu. Die erste, Toilette und

Bad, war mir bekannt. Die zweite war Sibyls Arbeitsraum. Die Tür dazu stand früher immer offen. Von der dritten wusste ich nicht, was sie verbarg. Das Stöhnen, jetzt wieder lauter, kam aus dem mittleren Zimmer. Muss schön sein, wenn einem die Arbeit soviel Lust bereitet. Ich stand vor der Türe, unschlüssig. Warum bestellte sie mich zu sich, wenn sie beschäftigt war? War sie beschäftigt, oder beschäftigte sie sich nur aus Langeweile? Ich wollte mir einen zweiten Drink genehmigen und den Anblick der eindunkelnden Stadt geniessen, als ich sein Stöhnen vernahm. When Harry met Sally, at least she was faithful. Sie hätte mich nicht hierher bestellen müssen.

Die Türe flog auf, weil ich damit gerechnet hatte, sie sei zugesperrt. Sibyl lag auf einem Wasserbett, auf dem Bauch, allein. Sie schaute verwundert auf, als die Tür aufflog, sah mich, lächelte, zeigte mit der freien Hand auf einen Spannfellstuhl und nahm ihre rhythmischen Beckenbewegungen wieder auf.

"Was zum…"

"Pschscht." Ihre Hand kam zwischen den Schenkeln zum Vorschein und sie legte den Zeigefinger an die Lippen. "Nur noch ein paar Minuten."

Sie drückte auf eine der Keyboard-Tasten, die auf einer Konsole über dem Kopfende des Wasserbetts schwebten, und sein Gestöhn füllte den Raum.

"Ich kann nicht mehr. Ich nehm dich. Ich spritz über deine prallen Brüste."

"Komm schon, du kannst noch länger, Hengst. Ich sauge dich aus. Steck ihn mir in den Mund. Noch einmal. Ich will ihn härter, noch härter. Ich streck dir meinen festen Po entgegen. Siehst du, wie ich glänze vor Geilheit. Nimm mich von hinten."

Sein Stöhnen wurde zum Staccato. "Ich spritz dich voll, du…" der Rest ging im Röcheln unter. Ohne ein weiteres Wort hängte er auf.

"Komm zu mir. Ich bin angewärmt. Reden können wir immer noch."

Sibyl nahm ihre rhythmischen Beckenbewegungen wieder auf, fuhr sich mit der einen Hand langsam zwischen die Schenkel, wandte mir langsam ihren knackigen Po zu und griff mit der andern nach einem Paar asiatischer Liebesbälle.

"Was zum Kuckuck treibst du hier. Was soll die Schwei...?"

"Ich hab dir doch gesagt, wir sprechen nachher darüber. Ich bin heiss. Nimm mich."

Aufreizend langsam dreht sie sich mir zu, dann, die Beine angewinkelt, auf den Rücken. Mit der einen Hand hält sie ihren Venushügel, mit der andern lässt sie langsam die Liebesbälle über ihrem Busen schwingen. Senkt sie, bis sie die leicht eregierten Brustspitzen berühren. Führt die Kugeln zum Mund, benetzt sie mit feuchten Lippen. Streichelt damit erneut ihre Nippel.

Ich werde hart. Und sie weiss es.

"Nimm mich", flüstert sie. Langsam gleiten die Kugeln über ihren flachen Bauch hinunter. Sibyl dreht sich erneut, spreizt die Beine leicht, zeigt mir rotblond ihre feuchte Scham. Die erste Kugel verschwindet im Dickicht, das vom Lederband obszön wie der Amazonasregenwald von den Dollargewinnpisten durchschnitten wird. Sie dreht sich auf die Seite, nimmt die zweite Kugel in den Mund, spannt die Lederschnur dazwischen, indem sie sich nach hinten krümmt. Das Leder berührt ihre rechte Brust. Mit langsamen Bewegungen ihres Kopfes lässt Sibyl die Lederleine über ihren Nippel springen, der unter der Erregung hart wird. Zwischen den halbgeöffneten Schenkeln lässt sich die zweite Kugel erahnen. Sibyls Liebesmuskel hält sie fest, was ihr mit steigender Erregung schwerer zu fallen scheint.

Zwischen meinen Beinen explodiert etwas. Die Kleider sind nur noch Fesseln, die es zu sprengen gilt. Er ist so hart, dass es schmerzt. Lächelnd schaut sie mir zu, wie die Stücke wegfliegen. Als ich mich über sie legen will, schüttelt sie den Kopf.

"Wer meine Geheimnisse teilen will, muss sich beherrschen lernen. Leg dich neben mich. Streichle dich, errege dich selber und an mir, aber verbiete dir zu kommen. Ich will nur erstklassige Mitarbeiter." Indecent Proposal. Mir fehlt mehr als eine Million. Much Moore. E dimmi quando.

Zwei Stunden später sassen wir im Wohnzimmer mit der herrlichen Aussicht. Jamson pure and white Martini. Sibyl hatte mir erklärt, woran sie arbeitete und worin mein Job bestand.

"Viereinhalbtausend zum Anfang, fünfzig Stundenwoche, zwei Tage pro Woche frei nach Absprache."

"Ich weiss nicht. Ich komm noch gar nicht klar mit dem, was du mir erzählt hast. Den respektablen Anwaltsberuf aufgeben für das hier…"

"Hör mit dem Shit auf. Was soll denn respektabel daran sein, wenn ich stinkreichen Geldsäcken zuerst helfe, ihre dreckigen Narkodollars in unseren Banken zu waschen, um sie nachher steuerbegünstigt auf einem sicheren Nummern-konto anzulegen. Oder in Chemieaktien. Bankbeteiligungen. Öffentlichen Anleihen. Und dann ziehen sie sie wieder ab in grossen Scheinen, um mit ihren Flittchen auf ihren Luxus-yachten im Mittelmeer Orgien zu feiern. Sämi, hör auf mit dem Stuss. Ich war lange genug dabei.

"Flisvos Athen, vor gut zwei Jahren. Französischer Waf-fenhändler. Der Name tut nichts zur Sache. Seit Jahren Klient unserer Kanzlei. Offizieller Beruf: diplomatischer Kurier einer gottverlassenen ehemals französischen Inselgruppe im Pazifik. Frag mich nicht wo. In Geografie bin ich miserabel. Unsere Kanzlei erhält einen dringen Fax: "Erbitte dringend Mitglied ihrer Kanzlei in Athen Airport, übermorgen 1430 hrs. Trans-fer einer grösseren Summe in USD und CHF nach Vertrags-verhandlungen wahrscheinlich. Von Vorteil wenn jüngere, kompetente lady. Charge expenses to my account."

"Ich bin die Lady, of course, findet mein Seniorchef. Also Akte unter den Arm geklemmt und ab nach Hause. Studium des feinen Charakters und seiner weltweiten Geschäfte bis morgens drei Uhr, dann packen – für alle Fälle etwas. Oder auf alle Fälle etwas. Dazwischen Flugticket bestellen. Zwei Verabredungen tilgen, eine per Telefonbeantworter, die andere schriftlich. Kühlschrank leeren. Zettel schreiben für Nachbarin wegen Katze und Pflanzen. Vier Stunden miserablen Schlafs. Ckeck-in um 0915, obschon du erst um 10 Uhr abhebst. Angst vor dem Fliegen. Young bleibst du dabei E. nicht. Ich hab nie verstanden, weshalb so viele aufs Fliegen fliegen. Vielleicht ist es für die Entdeckung der Langsamkeit zu spät.

"In Athen 37 Grad. Der Asphalt klebt dir an der Seele. Ein silbergraues Mercedescoupé fährt mich die zwanzig Minuten zur Marina, air conditioned. Was unter zwanzig Metern am Kai liegt, ist nicht der Reede wert. Die Nationa-len: British, Greek, VAR, einen Niederländer, Brunei und verschiedene Exoten. Der Chauffeur hält vor einem Schoner. Ich schätze ihn auf hundertdreissig Fuss. Fender mit Schutzhüllen, die Trossen armdick. Mahagoni und Teak. Stahlmasten. Modernste Technik. Noch am gleichen Abend laufen wir aus, Richtung Ägina. Wir: Unser Klient G.P., ein amerikanischer und ein griechischer Anwalt (der letztere mit seiner Frau ha ha), sechs Mann Schiffsbesatzung (darunter zwei weibliche) und drei Modepuppen (bei einer von ihnen findet die Mode nur in einer textilen light Version und vor allem auf dem Knie von G.P. statt). Ich frage mich, was ich hier soll und mit wem wir verhandeln.

"Die Antwort kommt gegen ein Uhr früh in Form einer 1,5 Millionen Motoryacht. Mister Ali K. Vorderer Orient mit Verbindungen zu Serbiens ehemals starkem Mann M. Die Yacht geht längsseits. Ali K. kommt an Bord. Drinks im Salon serviert. Dazu Kaviarhäppchen, Cashewkerne, Lachsstreifen. Die beiden Yachten nehmen mit halber Fahrt Kurs auf Poros. Wir ziehen uns für die Verhandlungen ins Office unter Deck zurück.

"Zweieinhalb Stunden später ist der Deal perfekt, G.P. um achtundzwanzig Millionen Schweizer Franken reicher und Ali K. im Besitz von genügend Boden-Boden-Raketen, um eine mittlere Stadt in Schutt und Asche zu legen. Die Girls sind an der Reihe.

"Im Salon dezente Beleuchtung und orientalische Musik ab CD. Eines der weiblichen Mitglieder der Schiffscrew hat sich umgezogen und führt einen Bauchtanz vor. Sie ist gut, heizt die Stimmung an. Ali K. stopft ihr Zehndollar-Noten in den BH. Bei hundert Dollar lässt sie ihn fallen. Zweihundert kosten Hüftband und G-String. Dann greift sie nach gerollten Hundertdollarscheinen in seinem Mund. Ohne Hände. Die drei Modepüppchen sind am Strippen. Als mir Ali K. hundert Dollar für den ersten Gang auf Französisch offeriert, lehne ich dankend ab und ziehe mich in meine Kajüte zurück. Fettreiche Kost bekommt mir nicht.

"Als ich gegen neun Uhr aufwache, ankern wir in der Bucht von Poros – allein. Von der andern Yacht keine Spur.

"Am nächsten Tag bin ich wieder in Zürich – um eine Illusion ärmer und einen Cheque über zehn Millionen als Anzahlung für das Waffengeschäft reicher. Drei Prozent davon fliessen in unsere respektable Anwaltskasse."

Sibyl drehte das leere Glas in den Händen und schaute über den Lichtersee der Stadt.

"Ich war noch dreimal bei solchen oder ähnlichen Verhandlungen dabei. Und nicht immer gleich keusch. Leider gibt es selbst unter den Schurken gut aussehende Männer. Und sie können sogar noch charmant sein. Die Rechnung jedenfalls beglichen sie fürstlich."

Sie stand auf, schenkte sich und mir nach und drehte mir den Rücken zu.

"Als dann die Zeitungen mit den 156er Nummern überschwemmt wurden, kam mir die Idee zum ersten Mal. Das meiste, was du am Telefon zu hören kriegst, ist Schund. Billigster Strichsex. Die drei Franken pro Minute nicht wert, die sie dir abknöpfen. Genau wie früher bei den Strassenmädchen. Selten eine, die ihr Geschäft verstand. Die genug Intelligenz und Phantasie besass, um sich vom Durchschnitt abzuheben. Das halbe Dutzend mit genügend IQ und Sexappeal hatte nach fünf Jahren ausgesorgt. Unter Zehntausend pro Nacht lief bei denen nichts. Und sie bekamen ihr Geld. Topmanager, Finanzjongleure, Ölmagnaten, Immobilienhaie, für die nur das Beste gut genug war. Pretty women mit Köpfchen und der Fähigkeit, für drei Riesen echt zu wirken und danach keine Ansprüche mehr zu stellen. Auch in der Praxis haben meine Partner von solchen Abenden geschwärmt.

Und dann kam AIDS. Die Umsätze der Mesdames Stich und Co. sanken. Der französische Buchstabe stand zwischen Lust und Erfüllung in der Klasse der Zahlungsfähigen und Zeugungsschwachen. Und deshalb sagte ich mir vor einem Jahr: Quod licet bovi placet Jovi – was den Ochsen erlaubt ist, gefällt auch unsern Göttern des freien Marktes. Und ich hab recht gehabt. Das Geschäft läuft. So gut, dass ich es ausbauen will. Eine Partnerin für eine zweite Schicht, und einen Partner für ein spezielles Programm für unsere Stammkundschaft, die sich abzuzeichnen beginnt. Denn nur mit immer raffinierterer Erotik kannst du die Kunden bei der Stange halten. Deshalb mein Angebot."

Ich schluckte leer. Zwei Argumente sprachen dafür: Sibyl hatte Sexappeal und Köpfchen. Und viereinhalbtausend zum Anfang tönten nicht schlecht. Die Argumente dagegen wollte ich nicht kennen.

"Wann kann ich anfangen?"

"Wann immer du kannst." Sie lächelte maliziös. "Und wenn du die geeignete Partnerin für unser Unternehmen findest, liegt noch einmal ein Bonus von einem Tausender drin."

"Ich verstehe nicht, wie du an die wirklich Reichen rankommst. Dich kann doch jeder anrufen?"

"Ich werde es dir gleich erklären. Von Computern verstehst du ja zum Glück etwas. Und beim rein Handwerklichen hast du auch keine schlechte Figur gemacht. Das heisst aber nicht, dass du auch überzeugst, wenn der Feind mithört. Bevor ich dich anstelle, will ich einen Probelauf sehen."

"Ich hoffe, du stellst möglichst bald auf lean production um, sonst gehen mir die Argumente aus."

Statt einer Antwort nahm mich Sibyl bei der Hand, führte mich ins Wasserbettzimmer zurück und drückte auf eine Taste des Keyboards über dem Kopfende des Bettes.

"Der nächste Anruf kommt bestimmt. Unterdessen kannst du dir wünschen, welche Pegasusfedern wir benützen wollen."

Auf meinen ratlosen Blick öffnete sie die breite Kastenwand am Fussende des Bettes.

"Pegasus als Musenpferd, das uns ins Reich der Phantasien und Wünsche entführt. Welche Schwingen lassen dich am höchsten fliegen?"

Der Kasten war voll der reizendsten und aufreizendsten Dessous und Accessoires. B.U. wäre vor Neid erblasst. Der billige Ramsch gewöhnlicher Sexshops fehlte. Stiefel und Schuhe, Tangas und BHs, Reitgerten und Strapse, Dildos und Bälle, alles war von ausgesuchter Exquisität und anspruchsvollem Design.

Ich wählte zwei Lederbänder von ungefähr acht Zentimeter Breite. Das eine etwas mehr als einen Meter, das andere über zwei Meter lang.

Das Telefon klingelte.

"Hallo, hier ist Julia. Was möchtest du, mein Starker?"

"Dich, du kleines Biest."

"Kannst du haben. Aber heute nur zusammen mit Romeo, meinem Liebhaber. Willst du das."

"Sicher. Auf geht's."

"Du weisst, was es dich kostet?"

"Ich hab heute Nachmittag an der Börse dreihunderttausend verdient. So gut könnt ihr gar nicht sein."

Im Zimmer mussten Mikrophone und Lautsprecher direkt am Telefonnetz angeschlossen sein, denn die Stimme des potentiellen Kunden war laut und deutlich zu vernehmen, und Sibyl alias Julia sprach nicht in einen Telefonhörer.

"Romeo zieht mich ganz langsam aus", hauchte Sibyl. "Er öffnet den Reissverschluss meines engen Lederminis, streift meinen Pullover hoch und zieht in mir aus. Dann legt er sich, nur mit einem Tanga bekleidet, aufs Bett und schaut mir zu.

"Ich drehe ihm den Rücken zu. Schliesse meine langen Beine und streife den Mini ab. Um meinen harten Po spannen sich schwarze Strapse und ein roter G-String. Ich strecke Romeo meinen Po entgegen und spreize die Beine. Sein Tanga spannt sich. Er beginnt die Hüften zu bewegen. Ganz langsam. Ich ziehe meinen G-String fester über meine hohen Hüftknochen und fahre mit dem feuchten Finger der schmalen roten Stoffbahn entlang."

Sibyl war in ihrem Element. In den Lautsprechern hörte man stossweis-gepresstes Atmen. Sex findet im Kopf statt — oder gar nicht. Ich hatte mindestens noch Sibyl vor mir, wenn auch in engen Jeans und weitem Pullover statt der beschriebenen Arbeitskleidung. Mr. Geiling am andern Ende der Leitung jedoch bezahlte zehn Franken pro Minute dafür, dass er einen Telefonhörer in der einen und sich selber in der andern Hand halten durfte. Dann lieber ein Buch in der Hand. Das gibt wenigstens warm, wenn du es verbrennst.

Bei hundertfünfzig Franken hatte sich Sibyl ausgezogen. Fünfzig Franken später kleidete ich sie in das zwei Meter lange Lederband. Bandmitte über den Nacken legen, straff über ihre festen Brüste nach unten und im Schritt und zwischen den Pobacken hinauf um ihre schlanke Taille vor dem flachen Bauch verknotet. Meinen Lendenschurz bekam ich beim Kontostand von Franken zweihundertvierzig verpasst. Und zusammen reichte unsere Phantasie zum stolzen Betrag von vierhundertachtzig Franken. Und dem Angebot des befriedigten Kunden, wieder anzurufen und uns weiterzuempfehlen. Den Job hatte ich.

"Ich habe die Dienstleistung etwas verfeinert, wie ich dir gegenüber bereits angetönt habe", sagte Sibyl nach einer erfrischenden Dusche im ganz in türkis und dunkelviolett gehaltenen Badezimmer mit Whirlpool. Sie öffnete die Tür zum dritten Zimmer.

"Das ist eine der modernsten Anlagen, die momentan erhältlich sind. Sie ist von der Tastatur im Schlafzimmer aus steuerbar und registriert automatisch die Nummer des Anrufenden und den Standort des Apparates, sofern er in den elektronischen Telefonverzeichnissen der gespeicherten Länder enthalten ist. Bei Natelanrufen hält dieses teure Wunderding den Namen und die offizielle Anschrift des Besitzers fest und druckt all das bei Bedarf aus.

"Aber damit nicht genug. Ein voice scanner erstellt ein Lautprofil jeder Stimme, die anruft, und vergleicht die Anrufe automatisch mit früheren Aufzeichnungen.

"So bin ich in der Lage, schon nach wenigen Anrufen relativ viel über meine Pappenheimer in Erfahrung zu bringen und die gewonnenen Informationen geordnet zu speichern. Meine Kunden erhalten deshalb nach dem dritten oder vierten Anruf eine diskrete Karte mit meiner Nummer. Gelangt sie an den Falschen, wird der mit dem unverfänglichen Text "Sie haben angerufen und sich eine Freude gemacht" nicht viel anfangen können und vielleicht aus lauter Neugierde selber zum Telefon greifen. Gelangt sie jedoch an den Richtigen, so bindet die Gewissheit, dass ihre akustischen Eskapaden registriert worden sind, die Leute enger an meine Dienstleistung als ein schriftlicher Vertrag."

"Das ist Erpressung. Und du weisst es."

"Nur wenn ich mein Wissen um ihre gehörigen Seitensprünge dazu einsetzen würde. Was ich bis heute nie getan habe."

"Wie lange hast du die teure Apparatur?"

"Einen Monat."

"Ich bin beeindruckt, wie viel vom Pfad der Tugend du bereits hinter dich gebracht hast."

"Deshalb sollst du mich ja auch darauf begleiten. Ich gebe zu, er ist stellenweise abschüssig."

Mein erster Arbeitstag endete um halbeins in der Früh. Dafür würde die alte Dame im obersten Stock endlich wieder einmal Bares sehen. Vorschusslorbeeren. Meine Wohnung möchte ich nämlich behalten. Arbeits- und Wohnort sollten nicht zu nahe beieinander liegen. Manchmal ist pendeln gut für die Hygiene.

Ich kann's nicht leugnen. Wir hatten Erfolg. Geschäftlich. Privat wenigstens Spass. Nach einem halben Jahr lag der Umsatz bei fünfundzwanzigtausend im Monat. Tendenz steigend. Unkosten bei nicht mehr als zwanzig Prozent, Abschreibungen inklusive. Das Geschäft lief. Es gibt mehr reiche Böcke mit ausgefallenen Phantasien als die Gesellschaft denkt und für die Wirtschaft gut ist.

Mit der dritten Partnerin wollte es nicht klappen. Obwohl die Wirtschaftslage alles andere als rosig war – besonders für Frauen – fand sich in meinem Bekanntinnenkeis niemand, der den Job trotz guter Bezahlung gewollt hätte. Chapeau. *Wie Melanie als Fremde unter uns erfahren musste: God counts the tears of women – weil sie die Welt besser verstehen als wir Männer, haben sie auch mehr Grund zum Weinen. Und Weinen reinigt die Seele. Macht sie stark. Chapeau.* Anderseits war ich auf den Bonus auch nicht mehr angewiesen. Mietzinsschulden bezahlt. Steuerrate beglichen. Zwei neue Anzüge und Paar Schuhe. Auto hat mich nie interessiert. Auch in meinen besten Zeiten nicht. Sex free. Ich konnte mich wieder als gemachter Mann fühlen. Von der Gesellschaft akzeptiert, sobald das Bankkonto der drohenden roten Gefahr entflohen und das Erscheinungsbild in etwa den internen Richtlinien unserer Grossbanken für das Schalterpersonal entsprach. Und da gibt es Individuen, die der Gesellschaft vorhalten, sie verlange vom einzelnen zuviel. A bright outlook on life wäre es gewesen.

Zwölf Monate nach unserem ersten gemeinsamen geschäftlichen Versuch und im fünften Jahr unserer Bekanntschaft wurden Sibyl und ich Partner. Geschäfts-, nicht Lebens-. Für das zweite waren wir zu oft zu intim zusammen. Ferngespräch und menschliche Nähe sind kaum kompatibel. Wir arbeiteten zuviel. Sibyl mehr als ich. Die einzigen Ferien, die sie sich in dieser Zeit gegönnt hatte, waren zwei Wochen Skiurlaub in Vorarlberg. Solange du den Schweizer Hoteliers ansiehst, dass sie mehr Interesse an deiner Kaufkraft als an deiner Entspannung haben, gehe ich zur östlichen Konkurrenz, hatte sie schnippisch gesagt. Und da sie von wegen Kaufkraft und Entspannung als Expertin gelten konnte, hatte ich darauf nichts zu erwidern gewusst. Wobei ich mir auch einen ruhmreicheren Abgang als als "Winkelried des

Gastgewerbes" vorstellen konnte. Ich meinerseits hatte immerhin vier Wochen auf einem Segeltörn in der Karibik ausgespannt. Silvia war mitgekommen. Monica hatten wir überredet, nachdem Ronnie sie sitzengelassen hatte. Ronnie hatte ich nicht gefragt beim Zusammenstellen der Crew. Philipp war mitgekommen. Es war ein rundum guter Törn gewesen mit viel Sonne, Lachen, frischen Brisen, und zarten Eifersüchteleien, die die Verliebtheit fördern und die Elmsfeuer der Erotik entzünden. A bright outlook on life.

Es war der 28. Juli. Ein Mittwoch. Ich hätte um neunzehn Uhr bei Sibyl sein sollen. An diesem Tag hatte ich sie das erste Mal seit unserem zufälligen Zusammentreffen im Café am Fluss wieder getroffen. Aus dem Rendezvous in einer Woche war damals nichts geworden. Ich hatte den Tag verpasst, dann in Reue sieben Tage hintereinander meinen Morgencafé mit Blick auf den Fluss getrunken und sie nicht mehr angetroffen. Um sechs Uhr abends, beim zweiten Bier und dritten Sandwich und vertieft ins Studium der neusten voice recording Fachzeitschrift aus den Staaten, drang die wohlklingend dunkle Stimme wieder an mein Ohr.
"Jetzt leisten Sie sich sogar Hochglanz Fachzeitschriften, das Stück zu zwölf Franken."
Sie sass am Tisch links von mir. Augen grün, Haar rot, eng anliegender schwarzer Body und darüber einen flamboyant grün-gelb-rot spielenden leichten Sommerjupe, hoch geschlitzt.
"Beim jetzigen Wechselkurs nicht mal zehn Franken. Ich hab's direkt aus den USA im Abonnement."
"Ich sehe, Sie ehren den Rappen. Da müssen Sie's unterdessen zu etwas gebracht haben. Und ich kann mit meiner NZZ von heute morgen nicht mehr bei Ihnen landen."
"Wie meinen Sie das: unterdessen?"
"No offense. Ich versuche mich bloss als Mrs Holmes. Vor einem Jahr ungefähr, als wir uns hier zum ersten Mal begegnet sind, ruhte ihr Blick allzu lang und begehrlich auf der Schale mit den Gipferln. Und an der Figur konnte es nicht liegen, dass Sie sich deren Genuss versagten. Als Sie dann für die gelesene Zeitung meinen Café übernahmen, plagte mich für den Rest des Tages ein schlechtes Gewissen und ich beschloss, Sie in einer Woche zu Café und zwei

Hörnchen einzuladen. Leider kamen Sie dann nicht, so dass ich mein schlechtes Gewissen bis heute mit mir herumzuschleppen hatte. Eigentlich unmenschlich, finden Sie nicht auch?"

"Barbarisch. Wie kann ich mein Versäumnis wieder gut machen? – Ich sage alle meine geschäftlichen Verpflichtungen ab und lade Sie zum Nachtessen ein?"

"Arbeiten Sie abends."

"Öfters."

"Dann kann ich das von Ihnen nicht verlangen. So schwer wog mein schlechtes Gewissen nun auch wieder nicht."

"Schlechte Gewissen haben es in sich. Sie scheinen leicht, bis sie einen erdrücken, und dann ist es zu spät oder die Arztrechnung wird astronomisch. Dann doch lieber ein Diner zu zweit. Selbst in der Kronenhalle kommt mich das günstiger zu stehen. Und überdies müssen wir Ihre Begabung als Mrs Holmes feiern. Das war brillant."

Die herablassende Gunst des Chef de Service wies uns einen Zweiertisch bei einer der Säulen zu, nachdem ich an der Bar bewiesen hatte, dass ich mit einer Kreditkarte zu zahlen imstande war. Ich versuchte Sibyl dreimal anzurufen auf unserer geheimen Geschäftsnummer. Niemand nahm das Telefon ab. Das war bei ihr kein Zeichen für erhöhte Alarmbereitschaft. Sibyl war mehr als einmal ziemlich viel später als abgemacht zu unseren Terminen erschienen – und ich gebe zu, ausser für mein Selbstwertgefühl hatte ihre Verspätung eigentlich nie negative Folgen.

Ich machte mir deshalb keine Sorgen, genoss die ausgezeichnete kalte Entenbrust und den 91er Pinot gris mit Doreen, verabredete mich mit ihr für den nächsten Samstagabend und bestand darauf, sie mit einer Taxe nach Hause zu fahren, von wo ich mich mit dem gleichen Wagen vor Sibyls Haustüre chauffieren liess. Es war zwanzig Minuten vor elf.

Ich öffnete mit meinem Schlüssel die Haustüre und verschaffte meinem Puls bis in den fünften Stock etwas Bewegung. Den Lift konnte ich auch mit achtzig noch benutzen. Die Wohnungstür war nicht abgeschlossen, bei Sibyl nichts Aussergewöhnliches, obwohl sie in letzter Zeit etwas vorsichtiger geworden war, seit wir die zahlreichen voice recordings und andere Daten aufbewahrten, die nicht für jedermanns Auge und Ohr bestimmt waren.

26

Ich rief Sibyls Namen. Wollte mich für mein zu spät Kommen entschuldigen. Keine Reaktion. Sie war nicht hier. Ich suchte sie in allen Zimmern. Von Sibyl keine Spur. Keine Nachricht von ihr. Nichts. Auch nicht auf dem Computer. Das war seltsam. Ich brauchte einen Jamson-Gingerale.

Irgendetwas roch anders als sonst in der Wohnung. Ich schnupperte meinen Weg der Geruchsspur entlang. Was war das für ein leicht süsslicher, penetrant feiner Geruch? Die Spur führte ins Arbeits-Schlafzimmer. Hier war er am stärksten wahrnehmbar, obwohl noch immer schwach. Dann fiel mir die erste Ungereimtheit auf. Das Keyboard fehlte. Es war nicht mehr an seinem Platz über dem Kopfende des Bettes. Ich schaute mich im ganzen Raum um. Fand es nirgends. Bis ich hinter der Türe ein Stück des Kabels entdeckte. Das Keyboard hing daran. Zertrümmert, als ob ein Zweihundertpfünder mit Wut darauf herumgetrampelt hätte.

Ich ging zum Technikraum hinüber. Bevor ich die Türe aufschloss, sah ich sie mir genau an. Ich entdeckte Kratz- und Schlagspuren um das Schloss herum und in der Mitte der Türe auf Hüfthöhe. Jede gewöhnliche Türe hätte dem Einbruchsversuch wahrscheinlich nachgegeben. Auf meinen Rat hin hatten wir dieses Stück vor noch keinen drei Monaten mit Spezialschlössern und -verstärkungen einbruchssicher machen lassen. Für ein kleines Vermögen. Sah aus, als hätte es sich bereits gelohnt.

Drinnen schien alles unversehrt. Der Computer und die Aufnahmegeräte liefen noch. Der Bildschirm flimmerte. Kein Wunder, wenn jemand das Keyboardkabel herausgerissen hatte. Ich würde mir die letzten Entries später anschauen. Zuerst musste ich herausfinden, wo Sibyl steckte. Ich schloss die Tür zum Technikraum sorgfältig hinter mir ab.

Als ich das Schlafzimmer erneut betrat, wusste ich, was es war. Chloroform. Der süsslich Übelkeit erregende Geruch stammte von Chloroform. Diesmal fand ich am Fussende des Bettes einen Lappen, der nach dem Zeugs stank. Mir wurde übel. Weniger vom Geruch als von der Vorstellung, weshalb Sibyl nicht hier war. In Filmen ist es dir gleich, wenn so etwas passiert. Wenn entführt, erpresst, ermordet, beseitigt wird. Unforgivable. Du gehst ins Kino, damit es dir nicht passiert. Moderner Voodoo. Das auf der Leinwand zelebrierte Böse beschütze dich vor dem wirklich Bösen. Eine Illusion wie jeder Zauber. Aber eine mächtige mit Milliardenumsatz und Millionen Süchtigen. Filme als Opium für das Volk. Panem et circenses. Gilt noch immer. Wird immer gelten.

Mein erster Impuls nach der Entdeckung des Chloroforms war, die Polizei anzurufen. Mein zweiter, sie aus dem Spiel zu lassen. Was sollte ich ihnen sagen? Dass eine vierunddreissigjährige intelligente und gut aussehende junge Frau nicht zu Hause war, obwohl sie mit mir um sieben Uhr abends abgemacht und mich zur Arbeit auf dem Wasserbett erwartet hatte. Dass es nach Chloroform roch in ihrer Wohnung, die zugleich ihr Arbeitsort war und hinter deren einer Türe Hightechapparate im Wert von hunderttausend Franken standen. Mit Daten, die als äusserst heikel und pikant gelten mussten. Deren Aufzeichnung in einer Qualität wie der unsrigen sicherlich verboten war. Und deren Vorhandensein mehr Fragen provozieren würde als Sibyls Verschwinden. Obwohl beides vielleicht einen Zusammenhang hatte.

Als sie um zwei Uhr morgens noch immer nicht erschienen war, durchsuchte ich die ganze Wohnung noch einmal gründlich. Ich fand nichts. Ausser, dass aus dem Utensilienschrank im Schlafzimmer das eine oder andere fehlen konnte. Aber so genau erinnerte ich mich nicht an seinen überquellenden Inhalt. Und Inventur war nie Sibyls Sache gewesen. Mich interessierten die Dinger nur getragen oder in Aktion. Für Fetischisten hatte ich nie etwas übrig. Also schloss ich mich im Computerraum ein und versuchte der Technik das Geheimnis um Sibyls Abwesenheit zu entlocken.

Morgens um halb sechs und nach acht Tassen Schwarztee – Kaffee hält mich nicht wach, und ausstehen kann ich ihn auch nicht, ausser nach einem guten Mahl oder als Capuccino – gab ich entmutigt auf. Der letzte Telefonanruf, den Sibyl beantwortet bzw. bearbeitet hatte, war gegen halb neun Uhr abends abgespeichert. Nummer und Adresse des Anrufers vorhanden. Goldküste. Dr. iur. Um zehn Uhr morgens hatte ich noch mit ihr auf unserer Privatnummer gesprochen. Arbeitsplan für übernächste Woche. Sie hatte nichts angetönt, was ich mit ihrem mysteriösen Verschwinden in Verbindung bringen konnte. Seit elf Uhr dreiundzwanzig waren dann insgesamt neun Anrufe durchgekommen. Dr. iur. inklusive. Versucht hatten es in der gleichen Zeit dreiundzwanzig. Daher unser geschäftlicher Optimismus für die Zukunft. Alle Anrufe waren zwischen siebeneinhalb und zweiundvierzig Minuten lang. Zwei aus dem näheren Umkreis, drei als Ferngespräche, einer aus Übersee, und drei hatten nicht näher registriert werden können. Von den neun Anrufen erfolgten vier von einer mobilen Sprechanlage aus. Tempora mutantur – und wir bleiben die gleichen Affen auf Kästners Bäumen.

Die Augen fielen mir im Stehen zu. Dabei brannten sie vom auf den Bildschirm Starren. Ich nahm zwei Backup Disks aus dem Schrank und speicherte die noch nicht aufgezeichneten Gespräche ab. Von den Anrufen der letzten achtundvierzig Stunden erstellte ich eine zweite Kopie. Die zwanzig Megabytes würden ab morgen bei den andern fünf Platten in einem Banksafe lagern. Dann schloss ich alles sorgfältig hinter mir ab.

Tram und Busse fuhren bereits. Aber die noch kühle Morgenluft würde mir gut tun. Ich ging zu Fuss in die erwachende Stadt hinunter, auf dem gegenüberliegenden Hügelzug den Funkturm blitzend vor Augen. Der Verkehr nahm zu, je mehr ich mich dem Platz mit dem Mega-Kino-Center näherte und je heller es wurde. Es wird ein schöner Tag werden. Vielleicht hält das gute Wetter bis zum Nationalfeiertag. Dieses Land unter Sonne und blauem Himmel strahlt mehr Hoffnung aus, als vierzig Festredner heraufbeschwören können. Unter Regen vermochte es nicht einmal unser genetisch optimistischer Bundespräsident aus seiner Depression zu ziehen. Freude herrscht hin oder her.

Die Allee war nicht offen. Mein Lieblingscafé schloss mit den umliegenden Schulen. Kein Umsatz, wenn die Jugend in den Ferien weilt. Die Goldkugel war mir zu unpersönlich. So früh am Morgen hatte ich noch Zeit. In der Nähe des Bahnhofs gab es genug Frühaufsteher. Und in letzter Zeit immer mehr Halbwüchsige, die überhaupt kein Auge zutaten während der Nacht. Die Jüngsten vierzehn. Mit zwanzig giltst du als alt. Und bist es auch im Kreislauf zwischen Droge und bezahltem Sex. Von den Freiern mit dem Auto in irgendeine billige Bleibe abgeschleppt oder direkt auf den Rücksitz gelegt. Ohne Gummi, wenn sie's wollen, weil dein Risiko schon seit langem bei Null liegt. Und zurückgebracht an den Strichquai, ordnen die knabenhaft wirkenden Prostituierten ihr stumpfes Haar in den Rückspiegeln parkierter Wagen. Legen sich etwas Lippenrot auf. Versuchen, einen Abszess

29

wegzuschminken, um für ein weiteres Dutzend Schüsse im Geschäft zu bleiben. Kaum eine, die noch als attraktiv gelten kann. Und wenn sie's ist, führt ihre Attraktivität und vermeintliche Gesundheit umso schneller in den Ruin. Gnadenlos. Nach dem Gesetz eines Marktes, der intellektuelle Verschlagenheit und brutale Sexualität zum Überlebensmassstab macht. Survival of the meanest.

Die schlimmsten sind nicht jene, welche die Mädchen für lächerliche fünfzig Franken abschleppen und sich die englische Hilfe holen. Es gibt Dutzende, die das Geld reut und die am Leben kleben. Die kaschieren den Kick aus dem Umgang mit den gefallenen Engeln ihrer perversen Lust unter dem Mantel der väterlichen Sorge um das junge Ding, das ihre Tochter sein könnte. Und quatschen ihnen die Ohren voll für eine Tasse Kaffee und eine Stulle. Immer auf dem Sprung, ihnen die Streicheleinheiten zu geben, die sie als kleine Mädchen vermisst haben. Und die ihnen als alte Knacker die Hosen spannen. Von diesen Liebesbezeugungen hatten die meisten der Streetwalkers in ihrer Kindheit mehr als genug. Wetten dass…?

Ich ging in jenes ruhige Hotel hinter den Geleisen, das Berge verheisst, obwohl es nur Strassenschluchten und Schienenstränge anzubieten hat. Die heisse Schokolade ist ausgezeichnet. Den Gästen liegen die wichtigsten Tageszeitungen in mehr als einem Exemplar vor. Die Blätter sind voll von der Wirtschaftskrise. Erinnert mich an die EWS-Krise. Europäisches Währungssystem. Das EWS. Mir gefiel *die* EWS besser. Europäische Währungsschlange. Gab es früher mal, diesen Ausdruck. Wurde fallengelassen, als das Paradies immer mehr entschwand und der Sündenfall offensichtlicher wurde. Ich halte daran fest. Transparenz in Geldangelegenheiten. Hätte schon manche Ehe, Beziehung und Nation retten können. Die EWS war an den Rand des Absturzes gekrochen. Sie hielt sich nur noch mit der Schwanzspitze um Kohls breiten Nacken. Franc und Dänenkrone lagen bereits als Natternhemd am Boden. Natternbrut. Die Chefs der Notenbanken hatten ihren Sonntag opfern müssen. Trübe Aussichten. Und dann stürzte Kohl über die Kohle und die Schlange häutete sich zur schönen Euro. Wie melodramatisch Wirtschaft und Politik sein konnten.

Ich brauchte sechs Gipferl, bis meine Bank öffnete. Und

weitere zwanzig Minuten zu Fuss. Dann verschwanden die achtzig Mega im sicheren Tresorraum einer sicheren Schweizer Bank. Ich konnte mich endlich aufs Ohr legen.

Als ich um drei Uhr nachmittags aufstand, war der Tag so heiss, wie ich es erwartet hatte. Zwei Glas Milch aus dem Kühlschrank, damit ich morgen nach dem Gewitter weniger Süssjoghurt in den Abfluss schütten musste. Zwei Rühreier aus Gewohnheit und zur Vorbereitung auf die Arbeit. Bis mir einfiel, dass Sibyl gestern unter Chloroformdünsten verschwunden war. Ich rief sie an. Niemand antwortete. Also ging ich an den See baden.

Der leichte Nordoster trieb Wattencumuli und Cirrengespinste über den Pfannenstiel. Die Segelyachten legten sich graziös ins Lee und liessen sich von den kleinen Wellen den Rumpf kräuseln. Der Himmel strahlte in eichendorfschem Blau und der See lud zum Bade, als ob J.W.G selber am Gestade stünde.

Ich meide Badeanstalten und liebe Inseln. Meine verbotene Yacht liegt auch dort. Angekettet an der neuen Boje. Nie mehr gesegelt. Traurig wie ein Hofhund an der Kette. Ich schwimme zu ihr hinüber. Löse die Persenning auf der Steuerbordseite. Strecke den Kopf ins Innere. Alles scheint noch vorhanden zu sein. Tücher, Fender, Leinen, Segellatten, Schoten. Was es zum Segeln braucht. Rennmässige Besatzung drei. For pleasure two. Zur Not allein. Wenn man's kann.

Schiff klar zum Ablegen in fünfzehn Minuten. Boje backbords nach hinten führen. Hart am Wind auf Steuerbordbug freien Seeraum gewinnen. Gelernt ist gelernt. Ich höre sie erst, als ich die Boje bereits losgelassen habe.

"Darf ich mitkommen auf ein paar Schläge?" In kräftigen Zügen kommt sie angecrawlt. Schoten auffieren. Ich erkenne Monica, als sie das Gesicht aus dem Wasser nimmt.

"Ich wusste gar nicht, dass du Yachtbesitzer bist."

"Ich auch nicht. Aber komm zuerst an Bord, damit wir nicht zum Gaudi aller Badenden an der Ostseite diese Insel auf Grund laufen und an den Kieselsteinen zerschellen."

Ich reiche ihr die Hand, ziehe sie an Bord und bin froh, dass sie mir hilft. Bei 92-63-90 kein leichtes Unterfangen, ohne der Geretteten weh zu tun. Schoten dicht und es reicht gerade, um mich im Luv der Yacht an der nächsten Boje auf den See hinaus zu stehlen.

"Wie kommst denn du hierher?" frage ich Monica, nachdem die Tücher auf den raumen Kurs See aufwärts getrimmt sind und die Trias in guter Fahrt zu summen beginnt.

"Ich hab drei Wochen Ferien und gemerkt, dass das Wegreisen keine Lösung ist. Da hab ich mich aufs Rad gesetzt und bin an den See baden gefahren. Und wie kommst du zu dieser sportlichen Lady?"

"Alte Freundschaft rostet nicht. Wir sind zwar geschieden, und ihr eifersüchtiger Eigner hat mir den Umgang mit ihr verboten, aber ich kann nun mal Yachten und Frauen nicht leiden sehen."

Wir sind auf der Höhe der Fähre, als ich mit meiner Geschichte fertig bin.

"Wenn am Gaststeg ein Platz frei ist, lade ich dich zu einem Imbiss und einer Stange Bier ein."

"Wenn du anlegst, ohne den Aussenborder anzuwerfen, und die Yacht nachher noch schwimmt, geht der Imbiss auf meine Kosten." Sie lächelt maliziös. Der Hafen neben dem Fähranleger ist verflucht klein für ein Boot dieser Länge. Aber schliesslich hab ich in der Schweizer Südsee als Segellehrer gearbeitet. Bei Nordostwind ist die Wette zu gewinnen.

Unter den schattigen Bäumen, die vertäute Yacht immer im Blick, erzähle ich Monica vom Verschwinden Sibyls.

"Das gefällt mir gar nicht, was du mir da erzählst", sagt sie nachdenklich. "Chloroform. Sieht nach einer gewaltsamen Entführung aus. War sie reich?"

"Bitte sprich nicht in der Vergangenheit von ihr. Das tönt ja grauenvoll. Ich weiss nicht, wie reich Sibyl ist. Das Geschäft läuft gut. Aber noch nicht sehr lange. Wie viel sie früher verdient und vor allem gespart hat, weiss ich nicht. Privat haben wir keinen sehr engen Kontakt miteinander gehabt."

"Hast du die Polizei benachrichtigt?"

"Noch nicht. Und ich weiss nicht, ob ich es tun werde?"

"Was soll das heissen? Du musst doch ihr Verschwinden melden, wenn sie in ein bis zwei Tagen nicht wieder auftaucht."

"Das alles ist nicht so einfach, wie du dir das vorstellst. Hast du heute Abend Zeit? Dann erzähle ich dir die ganze

Geschichte genauer. Und zeige dir, wo Sibyl was gearbeitet hat. – Jetzt brauch ich auch schon die Vergangenheit."

Monica zahlt die Zeche und wir segeln zurück Richtung Stadt. Es ist kühler geworden. Nicht nur der fortgeschrittenen Zeit wegen. Am Wind ist es immer kühler als raum. Zum Glück sind die Badeanzüge trocken. Monica rutscht näher zu mir. Ich versuche den Kurs zu halten. Was bei 92-63-90 gar nicht so einfach ist. Auch nicht für einen ehemaligen Segellehrer. Wenigstens liegen wir auf dem richtigen Bug. Ausser Kursschiffen und der Polizei haben nicht mehr viele andere Vortritt vor uns. Ich erzähle ihr Sibyls und meine Geschichte. Nicht in allen Einzelheiten. Schliesslich hat man dafür die eigene Phantasie.

Zu zweit ist das Festmachen an der Boje kein Problem. Sogar unsere Kleider sind noch vorhanden, gut versteckt unterm Busch. Buschtaktik. Auf Monicas Citybike bis zum busstop – oh Marilyn, oh Marilyn, ich kann dich nie vergessen – dann in die Nummer acht gewechselt. Dreissig Minuten später sitzt Monica bereits auf den Stufen vor der Haustüre, als ich ankomme. Die Türen sind geschlossen. Auch in diesem Quartier. Seit ungefähr drei Jahren. Zu viele Einbrüche, Raubüberfälle, Tätlichkeiten. Die Leute haben Angst. Aus Angst sperrt man Türen ab. Zieht Zäune, Gräben, Mauern. Und mit der Angst holt man Stimmen. Rechte Stimmen – als ob es keine unrechten gäbe.

Wir essen in der Küche. Penne alla rabbiata. Dazu einen sette torre. Monica hört schweigend zu. Unterbricht mich kaum einmal, um nachzufragen. Ziert sich nicht und spielt nicht die Schockierte. Ich bin ihr dankbar. So fällt das Erzählen leichter. Meine Rolle wirkt weniger schäbig.

"Was hast du jetzt vor?" fragt sie, nachdem ich geendet habe.

"Keine Ahnung. Ich hab einfach nicht den Mumm, die Polizei einzuschalten. Die werden mich doch stundenlang verhören, und am Schluss bleibt bestimmt was hängen. Und wenn es nur eine Klage wegen öffentlicher Unzucht oder wie das heisst ist. Auf der andern Seite möchte ich Sibyl helfen, wenn sie in Schwulitäten steckt. Sie hat mich schliesslich vor gut zwei Jahren auch aus meiner arbeitslosen Depression geholt. Und mein Bankkonto saniert. Und mich zu ihrem Partner gemacht. Sibyl war okay. Ist okay. Ich kann sie nicht hängen lassen."

Monica legt mir die Hand auf den Arm. "Ich wäre enttäuscht, wenn du es tätest. Sag's mir, wenn ich dir helfen
kann."

"Vier Augen sehen mehr als zwei. Ich möchte dir Wohnung und Arbeitsplatz zeigen."

Wir nehmen meine Honda. Mein geschäftlicher Erfolg
hatte mich meine kleine Custom in eine 650er SLR tauschen
lassen. Erstens, weil es schneller geht als mit dem öV. Zwei-
tens, weil mir das Fahrrad den Hang hinauf nach einer italie-
nischen pasta zu sportlich ist, Drittens, weil ich nicht weiss,
wie lange es in Sibyls Wohnung dauern wird. Viertens, weil
du eine Frau nur wirklich kennen lernst, wenn du mit ihr
entweder vier Wochen segeln gehst, oder eine Woche ins
Hochgebirge, zwei Wochen auf eine Velotour mit Übernachten im Freien oder mit dem Kanu durch die schwedischen
Wälder, mit ihr Tango, Englishwaltz und Rumba tanzt oder
sie als Sozia auf deine Maschine setzt. Am besten alles
zusammen natürlich. Dann kennt man sich auch schon fünf
Jahre, was eine gute Zeit zum Heiraten ist. Und fünftens, weil
dann Monica ihr Fahrrad bei mir stehen lässt und mit mir
zurückkommt. (Immerhin kenne ich sie dann bereits vom
Segeln und vom Motorradfahren.) Meine alte Lederjacke passt
gut zu ihren Leggins. Auf der Fahrt zu Sibyls Wohnung
spüre ich Monica kaum auf dem Rücksitz, obwohl es einige
schöne Kurven zu fahren gibt. Macho oder nicht: Ich gebe zu,
dass mir solche Beifahrerinnen die liebsten sind. Diejenigen,
die gegendrücken sind mir auf die Dauer zu gefährlich. Und
die eifrig Mitsteuernden neigen zum Übersteuern. Anstatt
dass sie selber fahren oder fahren lernen. Und wen man auf
der Fahrt nicht spürt, ist einem oft danach im Gespräch und
beim Bier am Wirtshaustisch gute Gesprächspartnerin und ein
wichtiges Gegenüber.

Erst im nachhinein habe ich mich daran erinnert, dass uns
gegen den Käferberg hinauf ein Polizeiwagen unter Blaulicht
und Sirene überholt hat. Und dass uns etwas später eine
Ambulanz entgegengekommen ist. Dreihundert Meter von
Sibyls Wohnhaus entfernt musste ich vor einer Strassensperre
anhalten und ein Uniformierter bat mich, die signalisierte
Umfahrung zu benutzen, die mir entgangen war. Vor Sibyls
Haus standen drei Feuerwehrwagen. Aus drei Rohren zischte

noch immer Wasser auf den ausgebrannten Dachstock, der noch gestern Sibyls Wohnung und unser Geschäft gewesen war.

"Was ist denn hier passiert?" entfuhr es mir, bevor ich wusste, dass ich den Mund aufgemacht hatte.

"Brand im Dachstock nach einer Explosion. Eine Frau im Stock darunter wurde mittelschwer, ein Mann leicht verletzt. Mehr wissen wir noch nicht", gab der Polizist bereitwillig Auskunft.

Ich wendete die Maschine und fuhr mit Monica ins hintere Spanische Lokal. Monica bestellte die beiden Panaché. Meine Hände zitterten.

"Denkst du, sie haben sie zurückgebracht?"

"Ich weiss es nicht. Ich weiss gar nichts mehr. Aber wenn die Schweine sie umgebracht haben..."

Monica legte mir die Hand auf den Arm.

"Nimm mal nicht gleich das Schlimmste an. Vielleicht haben sie Sibyl ja wirklich entführt und die Wohnung war leer."

"Was hat dann dieses Feuer zu bedeuten. Das muss doch jemand gelegt haben."

"Du hast mir erzählt, dass ihr modernste Apparaturen benützt habt, um die Gespräche aufzuzeichnen und die Anrufer zu eruieren. Wahrscheinlich hat jemand verteufelt Angst vor den voice recordings, die ihr von ihm oder ihr aufgezeichnet habt."

"Und dafür sprengt er oder sie das halbe Haus in die Luft und nimmt Verletzte in Kauf?"

"Leute haben schon für weniger getötet. – Wenigstens hast du die wichtigsten Bänder in Sicherheit gebracht."

"Die sind doch jetzt ohne die Maschinen wertlos."

"Da bin ich nicht so pessimistisch. Ich hab da eine Idee."

Drei Biere später war ich bereit, den Versuch, den Monica vorgeschlagen hatte, zu wagen. Sie blieb die Nacht über bei mir, weil wir am nächsten Tag zeitig in den Süden aufbrechen wollten. Ich schlief in ihren Armen, und mit ihrer Nähe und ihrem sanften Verständnis trug sie mich durch die Traurigkeit und Hilflosigkeit dieser Nacht.

Die Sonne tauchte die grau hellenden Wolkenbänder zu unserer Linken in rosa goldenes Licht, das mit jeder Minute blendend gelber wurde, bis der Ball hinter den Hügelzügen im Nordosten auftauchte und von den Cumulibändern gleich wieder beschnitten wurde. So früh am Morgen war der Verkehr auf der Ausfallstrasse noch gering, und ein Pullover und eine meiner Jeanshosen liessen auch Monica die Fahrt über die Waldegg geniessen.

Unser Gepäck war leicht. Die Arbeitskopie mit den aufgezeichneten Telefonanrufen der letzten zwei Tage vor Sibyls Verschwinden hatte in meiner Brusttasche Platz. Monicas Adresse lag gleich hinter der schweizerisch-italienischen Grenze am rechten Ufer des Lago maggiore. Kurz davor besassen meine Eltern eine Ferienwohnung, die nach dem Tod meines Vaters von meiner Mutter nur noch selten benutzt wurde. Ich liebte die Wohnung wegen ihrer Lage am Hang und dem weiten Blick über den See von Ascona bis Luino. Und wenn am Abend die Kirche von Pino in ihrem goldenen Licht über den See strahlte und der Viertelmond über dem Tamaro stand, konnte ich auf dem Vorplatz sitzen und meine Seele auf den rippelnden Wellen des abklingenden Abendwindes über die tiefen Wasser gleiten lassen. Ruhe und Zuversicht.

Wo sich gut surfen lässt, weil der Föhn sich durch die enge Düse unter dem schwebenden Yogisitz und den steilen Granitwänden des Fronalpstocks hindurchzwängt, spürten wir den rechten Hunger für ein währschaftes Frühstück. Monica versuchte noch einmal, ihren Bekannten anzurufen, den sie am Abend vorher nicht mehr erreicht hatte. Pietro war bereit, uns noch am gleichen Abend bei sich in San Bartolomeo oben zu empfangen.

Nur nicht durch die Röhre mit dem Motorrad. Wenn immer möglich nehme ich die Passstrasse, die mit ihren Kurven abwechslungsreiches Fahren und mit ihrer Aussicht herrlichen Einblick in die Ruhe der Schnee bedeckten Dreitausender und grünen Gebirgstäler schenkt. Und wenn ich mir schädliche Eile verbieten will, nehme ich die alte Passstrasse, dieses Kunstwerk einfühlsamer Dominanz des homo faber in die Vorgaben der Natur. Da holt die neue Strasse bereits rücksichtsloser ins Bedrettotal aus, wirft sich in den Haarnadelkurven klotziger über den Abgrund. Vom Tunnel ganz zu schweigen. Er perforiert nur noch. Rücksichtslos, einfallslos, mit dem Machogehabe moderner Technologie durchstösst er den Berg als ob es ein geologisches ius primae noctis gäbe. Die geschundene Natur wird sich einmal rächen.

Apéro auf der piazza al lago in Ascona. Um halb elf morgens findest du noch in allen Lokalen Platz. Nach dem Mittagessen nirgends mehr. Seit der Verkehr vom Kopfsteinpflaster dem See entlang verbannt worden ist, liebe ich die Promenade noch mehr. Morgens und im Winterhalbjahr. Ausserhalb der Saison. Wenn die Tessiner Dialekt reden und hinter dem Ladentisch Deutsch lernen. Fürs Geschäft, nicht weil sie die Sprache lieben. Im Sommer ist es besser, wenn man Deutsch spricht und hinter dem Ladentisch Dialekt lernt, damit er nicht ausstirbt. Besser fürs Geschäft. Nicht fürs Gemüt.

Auf Schweizer Seite leisten sich nur noch die reichen Ronchesi den Luxus eines nicht ausgebauten Strassenstücks. Vielleicht, weil ihre Villen zu überhängend über der Fahrbahn thronen. Vielleicht, weil sie sich den Luxus der Langsamkeit leisten. So, wie man an der Goldküste am Ufer des andern Sees mit britischer Gelassenheit Auto fährt. Vorgeschriebene Richtgeschwindigkeit, ohne Hupen, ohne Drängeln, angenehm vornehm.

Ich mag dieses Stück von Ascona hinunter bis zu den castelli und weiter bis Stresa. Und meine Maschine scheint es auch zu mögen. Sie schnurrt zwischen den Beinen bei zweieinhalbtausend Touren. Bei der Post in Brissago geht's den Hang hinauf. Kurz vor zwölf sind wir da. Der Garten hinter dem Haus ist üppig grün, die Wohnung angenehm kühl.

"Eine kleine Pause haben wir uns verdient. Ich will aus der Ledermontur raus und etwas Leichteres anziehen. Von hier aus sind es nur noch etwa fünfzehn Kilometer. Wenn du willst, spendier ich dir eine kalte Dusche im Garten."

"Keine schlechte Idee. Und nach der Dusche brauch ich dringend etwas zwischen die Zähne. Ich habe einen Riesenhunger."

Irgendwie war es fünf Uhr geworden, bis wir die Grenze hinter Brissago passierten und Richtung Canobbio fuhren. An der Kleinigkeit, die wir am See unten zu uns nahmen, kann es nicht gelegen haben. Viel eher an der kalten Dusche im Garten. Und am nachfolgenden Trockenreiben. Nach zweihundert Kilometern Motorradfahrt und einer kalten Dusche mit Monica dauert Abtrocknen länger. In unserem Falle zweieinhalb Sunden. Erstaunlich, auf wie viele Arten man sich trocknen kann.

Kurz hinter der Grenze zweigt das Strässchen ab nach San Bartolomeo hinauf. Mit einem mittelgrossen Wagen ist die Kurve von Norden kommend beinahe nicht in einem Mal zu schaffen. Was weiter nicht tragisch ist, weil ein mittelgrosser Wagen es auch kaum bis in den Ort hinauf schafft. So eng und gewunden ist die Strasse. Für die Honda ist sie kein Problem. Bei der Kirche lassen wir die Maschine stehen. Linkerhand führen alte Treppenstufen den Berg hinauf. Bis zum Pass des Heiligen. Monica führt mich nach knapp hundert Stufen durch einen üppig wuchernden Garten mit Kiwi- und Feigenbäumen und riesigen Kameliensträuchern, die das zweistöckige Haus gegen alle neugierigen Blicke abschirmen. Ein alter Glockenzug lässt irgendwo im Haus eine helle Glocke ertönen, die ein paar Mal nachklingt, bevor es wieder still ist im Haus.

"Wir sind zu früh. Die alte Krankheit der Deutschschweizer."

Eben will ich mich auf die Steinstufen vor dem Hauseingang setzen, als sich die Türe öffnet und eine alte Italienerin nach unserem Begehren fragt.

"Potremo parlar col Signor Rausch. Ci aspetta." Die Alte scheint Monica zu verstehen. Sie verschwindet in der dunklen Kühle des Ganges, die aus der wenig geöffneten Türe herausweht.

"Entrate pure." Ich habe sie nicht kommen gehört. Wir folgen der schwarz gekleideten Gestalt zwei Treppen hinauf und betreten ein Zimmer, dessen Marmorboden, hohe Fenster und schwere dunkle Kastanienbalken den guten Geschmack und Wohlstand seines Erbauers ahnen lassen. Bei unserem Eintreten erhebt sich ein Mann in den mittleren Jahren. Gut geschnittene feine Züge, hohe Stirn, dunkles gelocktes Haar. Er reicht Monica die Hand.

"Ich freue mich, dich wieder einmal bei mir begrüssen zu dürfen. Es ist zu lange her, seit wir zusammen waren. Fast drei Jahre, wenn ich mich recht erinnere." Pietros Deutsch war perfekt.

Monica küsst ihn leicht auf beide Wangen.

"Vier Jahre und fast zehn Monate. Du hattest eben das

Haus hier in San Bartolomeo gefunden und wolltest so schnell als möglich von München weg. Und ich blieb wegen der kitzekleinen Hoffnung, jene Vier-Zeilen-Rolle in Fassbinders Film doch noch zu kriegen. – Das ist Sämi, ein Freund aus meiner Jugendzeit in Zürich."

Wir geben uns die Hand. Ein fester, kurzer, angenehmer Händedruck.

"Nehmt bitte Platz. Darf ich euch ein Glas nostrano aus dem eigenen Rebberg oder einen gespritzten Weissen anbieten?"

"Den nostrano eines Perfektionisten lass ich mir nicht entgehen."

"Ich schliesse mich dem gerne an."

Unbemerkt war die alte Frau unter der Tür erschienen. Pietro trägt ihr in stark gefärbtem Dialekt auf, das Gewünschte zu bringen, während wir an einem Glas-Chromstahl-Tisch Platz nehmen, der nicht älter als post-modern sein kann. Von meinem Platz aus öffnet sich der Blick zwischen den Zweigen der Bäume und Kameliensträucher hindurch auf den lago und die in leichtem Dunst liegenden Hügelzüge des linken Seeufers.

"Monica hat mir am Telefon etwas von Stimmaufzeichnungen und das mysteriöse Verschwinden einer Kollegin erzählt und mich um Hilfe gebeten. Ich hoffe, der Weg von Zürich hier hinunter war nicht vergebens."

In wenigen Worten erzähle ich Pietro, dass auf die Wohnung meiner Kollegin ein Brandanschlag verübt worden ist, und dass die Frau selber vor einigen Tagen spurlos verschwand.

"Ohne die teuren Apparaturen sind die Aufzeichnungen der Gespräche und die damit verbundenen Daten wertlos. Da ich keine andere Hoffnung habe, etwas über Sibyls Schicksal zu erfahren als über diese Aufzeichnungen, bin ich dir dankbar, wenn wir dein Studio benützen dürfen, von dem Monica geschwärmt hat."

"Ist es nicht Sache der Polizei, deine Kollegin aufzuspüren?" wollte Pietro wissen.

Weil er nach dem Anhören der Bänder sowieso wusste, womit Sibyl und ich in den letzten drei Jahren unser Geld verdient hatten, erzählte ich die Geschichte unseres geschäftlichen Erfolgs so knapp als möglich. Pietro liess sich nichts anmerken. Nur seine Augen schweiften ab und zu ab und schienen irgend etwas zu sehen, was mir verborgen war.

"Vielleicht war euer Entscheid richtig, es erst einmal mit mir zu versuchen", sagte er, als ich geendet hatte. "Gehen wir uns die Schönheit mal anschauen."

Er führte uns eine weitere Treppe hinauf ins Obergeschoss, öffnete eine Tür aus massivem Kastanienholz und forderte uns auf einzutreten. Beim Anblick der in diesem Zimmer vorhandenen Apparaturen verschlug es mir den Atem. Was wir in Sibyls Arbeitszimmer besessen hatten, war verglichen mit dem hier blosses Kinderspielzeug gewesen. Hier schien alles vom Teuersten und Besten zu sein, was es momentan an digital voice recording auf dem Markt gab.

"Hab ich dir zu viel versprochen", raunte mir Monica ins Ohr.

Pietro sass bereits an einem höchst ergonomisch gestalteten Kommandopult, bediente einige Schalter und drückte ein paar Tasten.

"Darf ich die Diskette haben?"

Einen Augenblick später füllte Sibyls professioneller Audiosex den Raum in einer Tonqualität, die mich aufhorchen liess. Vom Voyeur zum Ecouteur. Nach ein paar Minuten schaltete Pietro ab.

"Die Frau ist gut. Sehr gut sogar. Ich schätze Professionalismus."

"Dann würdest du dich bereit erklären, uns zu helfen." Monicas Stimme verriet ihre Spannung.

"Sagen wir, ich könnte es mir vorstellen. Aber bevor ich mich entscheide, brauche ich noch mehr Informationen. Ich habe das Gefühl, dass der Fall komplizierter ist, als es ausschaut. Die technischen Probleme scheinen mir die geringsten zu sein."

Wir begaben uns in den unter Stock zurück. Ich war bass erstaunt, als der Tisch, an dem wir gesessen hatten, zum Abendessen gedeckt war und ein grosser Römertopf in der Mitte dampfte.

"Ich habe mir gestattet, auftragen zu lassen, und hoffe, dass ihr wenigstens ein bisschen Hunger habt. Zuhause esse ich unitalienisch früh, weil ich nicht gerne mit vollem Magen zu Bett gehe."

Das Coniglioragout war ein Gedicht, und der Wein, der

aus einer irdenen Karaffe dazu serviert wurde, musste in direkter Linie vom Nektar stammen.

Pietro war ein brillanter Geist. Seine Fragen waren präzis und scharfsinnig, und er schien die Gabe des Zuhörens in einem Masse zu besitzen, die mir beinahe Angst machte. Ohne mir Rechenschaft ablegen zu können, ob ich wollte oder nicht, hatte ich ihm und Monica nach vier Stunden alles erzählt, was ich von Sibyl wusste und was aus meinem Leben wichtig in diesem Zusammenhang war. Als wir uns nach Mitternacht von Pietro verabschiedeten, hatte er uns zugesagt, uns bei unserer Suche nach Sibyl und der Aufklärung der mysteriösen Umstände, unter denen sie verschwunden war, behilflich zu sein. Wir verabredeten uns auf Samstag in einer Woche. In der Zwischenzeit wollte ich sämtliche Aufzeichnungen und Hinweise, deren ich habhaft werden konnte, beschaffen. Pietro bot Monica und mir an, während der gemeinsamen Arbeit an den Bändern bei ihm zu logieren. Es sie ihm eine grosse Freude, uns als seine Gäste bewirten zu dürfen.

"Ist er nicht phantastisch." Monicas Augen leuchteten. "Wenn uns jemand helfen kann, dann er. Ich glaube, ich habe mich wieder ein bisschen verliebt in ihn, wie damals in München. Wenn er nur sehen könnte."

Ich stand wie vom Donner gerührt.

"Was heisst das: Wenn er nur sehen könnte?"

"Ach ja, ich hab dir ja ganz vergessen zu sagen, dass Pietro seit seinem achtzehnten Lebensjahr infolge eines Unfalls blind ist. Wenn man mit ihm zusammen ist, vergisst man es glatt, nicht wahr?"

Monica und ich hatten uns darauf geeinigt, am Montagabend wieder ins Tessin zu fahren, sofern es nicht Katzen hagelte. Das gab mir zwei Tage Zeit, alles Nötige vorzukehren, damit wir in Ruhe an unserem Fall arbeiten konnten. Ich fühle mich gleich besser mit "unserem" Fall statt "meinem". Nach der ereignislosen Fahrt zurück nach Zürich und nachdem ich Monica nach Hause gebracht hatte, brauchte ich erst einmal eine tüchtige Portion Schlaf. Ich stellte den Wecker auf drei Uhr nachmittags, stand nach traumlos erholsamen neun Stunden auf und hatte einen Riesenhunger. Der Kühlschrank gähnte leer. Also duschte ich, zog mich für das

Treffen mit Doreen anständig an (Hemd, Krawatte und Sport-lumber) und genehmigte mir auf dem Weg zu meinem Leseclub auf der Fleischbrücke jenen doppelten Hotdog mit überfliessendem Ketchup, dessen Gesabber ich nie auffangen kann und mir den Mund verschmiert und die Finger rot färbt, die abzuschlecken aber die Hälfte des kulinarischen Vergnügens aus- und aus dem Fastfood ein Slowfood macht.

Die Welt spielte wieder einmal verrückt: Russland war mehr put-out als put-in, von Ex-Jugoslawien nicht zu reden. Clinton war langsam aber sicher von seiner Hilary an den Rand gespielt worden (Korrektur: Rogham hatte in ihrem Bill endlich den Hausmann geweckt, zu dem er nach Monica, dem Aupair, politisch taugte), und die stramme Volkspartei rief immer noch nach mehr Sicherheit. Dabei wollte sie nur die Wahlen im nächsten Frühjahr gewinnen. Ich holte den Blick. Der ist nicht besser, aber in seiner Primitivität ehrlicher als die andern Postillien. Playboy schon wieder gestohlen, die Augustausgabe noch nicht erschienen, ebenso wenig The Night Manager, obwohl die Zeitungen vom Duell der beiden englischen Thrillergrössen voll sind. Wer wird es diesmal schaffen und zwei Tage vor dem Konkurrenten seine Seiten auf den Markt werfen? I couldn't Car(r)e less.

Wir trafen uns um halb sieben im Seefeld, in der Nähe von Doreens Wohnung. Eine kleine schicke In-Bar mit Gartenbestuhlung und einer ellenlangen Liste modischer Longdrinks. Nothing wrong with that, solange sie so gut sind wie die uns servierten.

Doreen sah umwerfend aus. Klassisch angezogen in blasslila Bluse und eng anliegendem, über dem Knie endendem Jupe, verstand sie es, ihrem Gegenüber mit kleinen Accessoires den Stolz der Spanierin und die élégance der Französin zu signalisieren. Ich hatte versucht, meine Bewunderung für ihren sicheren Geschmack in einen Handkuss zu kleiden, den sie in selbstsicherer Gelassenheit entgegennahm.

Um uns herum sassen the city's beautiful people. Der Alte, dessen Gesicht der Alkohol mehr zerfurcht hatte als seine fünfzig Jahre, störte im Bild der erfolgreichen Yuppi-Generation. Als ob er die Ablehnung durch die Designsüchtigen spürte, rief der Quartalssäufer nach der Bedienung, um seine Zeche zu begleichen. Schwanken verdrückte er sich zwischen den Stühlen und Tischen und Phrasen hindurch aufs

Trottoire hinaus. Eine Zeitlang hörte man ihn noch gegen den Strassenverkehr ansingen. Ohne dieses störende Gesicht verlor das Tableau für mich sogleich jeden Wert. Wurde zur billigen Kopie für den neureichen Salon. Verleugnete die Handschrift seines wahren Meisters, dessen Kunst vom Leben Können herrührte.

"Wer ohne Sucht ist, werfe den ersten Stein." Doreens Stimme holte mich an den Tisch zurück.

"Sorry. Nicht gerade anständig, dich sitzen zu lassen und einem Betrunkenen nachzuhängen. Eine der schlechten Gewohnheiten, die ältere Junggesellen ungeniessbar für länger dauernde Beziehungen machen."

Sie musste lachen.

"Übertreibs mal nicht. Wenn du mich nur in Gedanken und wegen Betrunkenen sitzen lässt, bin ich bereit, einen weiteren meiner kostbaren Abende mit dir aufs Spiel zu setzen. Es gibt Arten, einen sitzen zu lassen, die mehr schmerzen."

Jetzt schien *sie* ihren Gedanken nachzuhängen und mich zurückzulassen. Ich wartete.

"Ich wüsste gerne mehr von dir. Eigentlich kennen wir uns gar nicht. Ich weiss nicht, was du arbeitest, wie du lebst, was dir wichtig ist und was dich ärgert. Mein Gott, vom Playboy Folder erfährt man in fünf Minuten mehr über die Schönheit des Monats als ich von dir nach fünf Stunden weiss."

"Doreen Kaschenko. 90–60–90; 175 cm; 59,5 kg, 13.9.1972; Morristown, Tennessee. Einmal im Playboy Männer wie dich glücklich machen zu dürfen. Reisen, interessante Gespräche, gute Filme, Sauna, Tennis. Nörgeler, Geizhälse, Besserwisser und Sektierer. Nach Europa zu kommen und auf den eigenen Beinen zu stehen. Intelligent, humorvoll, sportlich, ehrlich und leider ungeduldig. Ist noch nicht in Sicht. Nur mit dem Herzen sieht man weit genug. – Genügt das?"

"Für den Anfang reichts. Wenigstens weiss ich jetzt, was dein Freund liest und dass du ein ausgezeichnetes Gedächtnis hast."

"Freund negativ; Gedächtnis positiv. Ich hab das Heft ein-, zweimal bei meinem Zahnarzt durchgeblättert und ihn dann gewechselt. Nicht des Magazins wegen. Er war wirklich nur teuer."

"Doreen Kaschenko tönt mindestens so spannend wie Kunigunde, die Zürich erobern will. Und auch nicht schweizerischer."

"Mein Vater ist Rumäne, meine Mutter Amerikanerin. Er verlor den Verstand, als sie mit siebenunddreissig Jahren starb und musste in ein Sanatorium. Ich wollte seine Heimat kennen lernen und kam immerhin im ersten Anlauf bis nach Paris, wo ich mir mit knapp siebzehn als Model genug Geld verdiente, um zwei Jahre später durch ganz Europa zu reisen und die Schweiz als neuen Wohnsitz auszuwählen."

"Und du arbeitest immer noch als Model?"

Sie lachte laut auf.

"Danke für das Kompliment, aber irgendwann musst du erwachsen werden. Zu viele Kindsköpfe vor und hinter den Kameras. Nein, heute arbeite ich als freie Journalistin and private eye."

"Public mouth wäre auch nicht schlecht. Wie viele Sprachen sprichst du eigentlich?"

"Ausser Englisch, Französisch, Deutsch, Spanisch und Russisch noch ein wenig Italienisch und Rumänisch. Gerade genug, um nicht zu verhungern und belästigt zu werden. – Aber jetzt hab ich einen Bärenhunger. Das letzte Mal hast du mich in die Kronenhalle eingeladen, heute lade ich dich zu einem Diner à la Doreen ein. Bei mir zu Hause, damit die Spesen nicht ins Astronomische steigen."

"Ich bin überzeugt, das wird dennoch eine Sternstunde."

"Keine Vorschusslorbeeren, der Herr. Die machen emanzipierte Frauen wie mich argwöhnisch, ärgerlich und arg verlegen. In dieser Reihenfolge."

Doreens Wohnung ist keine zehn Minuten von der Bar entfernt und bietet, unter dem Dach gelegen, eine wundervolle Aussicht über den See. Eingerichtet ist sie mit derselben Stilsicherheit, mit der sich die Frau kleidet, bewegt und spricht: Antike Einzelstücke kombiniert mit hochmodernen Beleuchtungskörpern, einer Chaiselongue der neuesten Mailänderschule, dekorativen CD-racks und viel Raum mit Grünpflanzen in alten Messingkübeln.

Fondue alla carbonara. Am Tisch zubereitet. Spiel mit dem Feuer. Das Fleisch butterzart. Zehn verschiedene Saucen.

Jede ein Gedicht. Dazu knackfrischen Salat und eine Flasche Château Haut-Bailly cru classé. Noch etwas jung, aber viel versprechend. Ich geniesse es, dass wir nicht sprechen müssen. Zum Nachtisch einen Marc-Weichkäse und Nussbrot. Irgendwoher singt Milva.

"Eigentlich würde ich jetzt gerne dich herausklappen."

"Wie bitte?" Ich muss Doreen ziemlich blöd angeschaut haben. Sie lacht herzhaft.

"Deine Kurzbiographie Playboy Style. Du bist an der Reihe."

"Ach so. Ja natürlich. Wie konnte ich auch nur einen Augenblick glauben, du würdest dich mit meinen sensiblen Händen und meinem tief treuen Blick zufrieden geben."

"Hoffnungslose Romantiker, diese Männer. Solange wir Frauen die Zeche dafür bezahlen. Die Zeiten ändern sich. Heute wollen wir wissen, wer uns unglücklich macht. Also bitte: Einkommen, Vermögen, IQ, Länge, Erfahrung und politische Überzeugung. Hab' ich was vergessen?"

Ich lehne mich im Sessel zurück, lasse mir noch einmal das Glas mit ausgezeichnetem Bordeaux füllen und erzähle Doreen, was sich in den drei Jahren ereignet hat, seit ich Sibyl kannte. Kenne, verflixt und zugenäht. Sie unterbricht mich nicht einmal.

"Und so fahren Monica und ich Montagabend ins Tessin zurück und versuchen, mit Pietros Hilfe Licht in diese mysteriöse Sache zu bringen."

Draussen war es dunkel geworden. Die Kursschiffstege am gegenüberliegenden Ufer blinkten rot. Der Bordeaux ertrug die Raumtemperatur ohne Klagen, weil er soviel Qualität zu bieten hatte. Doreen sass mit untergeschlagenen Beinen auf der Chaiselongue und sah ohne zu sehen in die Dunkelheit hinaus.

"Ich möchte dir helfen. Euch helfen. Selbstlos, weil Sibyl ein Anrecht darauf hat, dass man sie sucht, bis wir sicher sind, dass sie selber entscheidet. Egoistisch, weil mich die Frau fasziniert und eine gute Story herausschauen könnte."

Insgeheim hatte ich wohl gehofft, in Doreen eine weitere Verbündete für meine Sache zu finden. Sonst hätte ich kaum die letzten drei Jahre meines Lebens inklusive den nötigen Hintergrund vor ihr ausgebreitet. Aber ihr direktes Angebot überraschte mich dennoch. Es sollte nicht das letzte Mal sein.

"Ich weiss nicht, ob ich dich da mit hineinziehen kann. Ich weiss auch nicht, wie gross die ganze Sache ist. Es kann sich um ein paar Tage, genau so gut aber auch um ein paar Wochen handeln.

Ich sollte mich täuschen. Gewaltig täuschen.

"Vielleicht hätte ich es auch Monica nicht erzählen sollen. Die Geschichte hat mich mehr mitgenommen, als ich mir selber eingestehe. Also überleg es dir gut, bevor du mitmachst. Irgendwie ist mir die Chose unheimlich."

Doreen trank ihr Glas in kleinen Schlücken leer.

"Gib mir Pietros Telefonnummer. Ich geb dir meine. Wenn wir es uns überlegt haben, rufen wir uns an. Du hast recht. Überstürzen wir nichts."

Sie erhob sich, kritzelte ihre Nummer auf einen Zettel und reichte mir Block und Stylo. Für alle Fälle hatten Monica und ich uns Pietros Nummer notiert.

"Und jetzt hätte ich Lust auf einen Film. Rising Sun. Connery ist Connor. Und sean haben wir einen Ballwechsel. The perfect match, Jim. Hättest du was dagegen?"

Ich hatte nicht. Obwohl die Realität Filme bei weitem übertrifft. Nur der Zeitraffer spricht fürs Kino. Und dass man in der Pause Eiscrème lutschen und Popcorn mampfen kann. Was im Leben nicht immer geht. Weil es keine Pause gibt oder der Stand ausverkauft ist.

Den Nationalfeiertag verbrachte ich damit, alles zu ordnen, was ich im Hinblick auf meine Abwesenheit ordnen musste und was sich an einem Sonntag ordnen liess – und das zu planen, was ich am Montag erledigen musste. Keine schlechte Sache, sich um seine eigenen Angelegenheiten zu kümmern am 1. August. Empfehlenswert für viele Festredner, denen das Land an diesem Tag zuhören muss. "Was leuchten soll im Vaterland…". Der zweite Teil dieses Satzes ist der Hauptsatz. Vergessen wir all(e)zu leicht.

Gegen vier Uhr nachmittags machte ich mich am Montag auf den Weg zu Monica Dreizimmerwohnung im alten Bauernhaus dreissig Kilometer ausserhalb der Stadt. Ich hatte die Bänder aus dem Safe der sichersten Schweizerbank geholt und sie sorgfältig in meinem Aktenkoffer verstaut. Wohler wäre mir mit Kopien gewesen, aber ich hatte die nötige Hardware nicht zu Verfügung und wollte die Bänder nicht mehr aus den Händen geben. Monica hatte mich am Telefon zu einem Abendimbiss eingeladen. Ich dankend angenommen. Und sie daran erinnert, dass ein Motorrad kein Kombi sei und der Stauraum begrenzt. Andererseits gingen wir ja nicht auf eine Kreuzfahrt. Wieder sollte ich mich irren.

Monicas Imbiss war ausgezeichnet. Das Gepäck bescheiden. Die anschliessende Fahrt verlief ereignislos. Angenehm in der lauen Augustnacht mit wenig Verkehr, da die Touristenströme die Küsten und Strände aller Herren Länder, nur nicht die eigenen leckten. Gegen halb elf klopften wir an Pietros Tür. Die Klausur konnte beginnen.

Pietro war unermüdlich. Stundenlang konnte er mit übergestülptem Kopfhörer Sibyls Aufzeichnungen abhören. Monica und ich ermüdeten rasch. Auch wenn Sibyl am Telefon ihre Kunden offenbar voll befriedigte, nach fünfmaligem Abhören verliert Sexgestöhn als Tonkonserve jeden Reiz. Ich merkte, dass ich gar nicht wusste, worauf ich eigentlich hören sollte.

Monica ging es gleich. Sie war weniger geschockt, als ich anfangs befürchtet hatte. Eines Abends, wir sassen nach dem Nachtessen noch um den Tisch herum und tranken Pietros ausgezeichneten nostrano leer, bemerkte sie nur:

"Ich hätte nie gedacht, dass Sexgeflüster auf die Dauer so langweilig werden kann. Langsam mach ich mir echte Sorgen um meine eigene Libido. Geld verdirbt einfach alles, womit es zu eng in Berührung kommt."

"Mir geht es gleich", bemerkte ich. "Aber ich will mich jetzt nicht zum Moralapostel aufschwingen. Schliesslich bin ich ganz schön mitgegangen und mitgehangen."

"Also mitgestanden stimmt in diesem Kontext wohl eher. Wenigstens hoffe ich das in Sibyls Interesse." Monica lächelte maliziös.

"Die Sache ist ernster als du denkst." Pietros ruhige Stimme hielt mich von einer schlagfertigen Entgegnung ab. "Jedenfalls braucht es meistens ein ausserordentliches Ereignis – wie das plötzliche Verschwinden Sibyls – damit jemand mit einer Beschäftigung aufhört, die das nicht Unangenehme mit einem ansehnlichen Einkommen verbindet. Moralische Bedenken in einer solchen Situation haben nur Heilige, von denen es nicht allzu viele gibt, und solche, denen sich die Gelegenheit zum schnellen Geld auf einem Tablett präsentiert, von welchem sie nicht zu essen wagen.

Pietro besass die Gabe, einem etwas unangenehm Persönliches so zu sagen, dass man es akzeptieren konnte, auch wenn es in der Magengrube rumorte.

"Ich bin zwar auch nicht viel weiter als ihr beide, aber ich möchte euch trotzdem vor dem zu Bett Gehen noch etwas vorspielen, das mich beschäftigt. Vielleicht könnt ihr mir weiterhelfen."

Wir gingen ins Studio hinauf, Pietro setzte sich an seinen Arbeitsplatz und speiste den Computer mit ein paar Befehlen. Sibyls Stimme ertönte und diejenige eines Interessenten, den auch ich mir in den vergangenen Tagen mindestens viermal angehört hatte. In spätestens drei Minuten waren sie bei der Sache, nach zwanzig Minuten kam das befriedigende Ende des Ferngestöhns. Was zu Kuckuck hatte Pietro hier gehört, das mir entgangen war?

Noch bevor derjenige Teil der Telekommunikation anfing, der ein halbes Jahr später den Generaldirektor des gelben Riesen zum vorbestraften Mann machen wird, stellt Pietro ab.

"Und? Was meint ihr dazu? Ist damit etwas anzufangen?"

"Ich verstehe nicht, was du darin hörst. Die Stimme des Mannes kommt mir nicht bekannt vor – wie bisher keine – er stellt sich nur mit "Hallo" vor. Sibyl kennt ihn offenbar von früheren Anrufen, weigert sich aber standhaft, seinen Namen auch nur einmal ins Mikrophon zu hauchen (ganz Anwältin, die sie war). Es scheint ihm gefallen zu haben und er hängt auf, um drei Tage und eine Disk später erneut anzurufen."

"Gar nicht schlecht hingehört. Was meinst du, Monica?"

"Ich kann nicht mehr sagen als Sämi. Aber vielleicht spielst du den Anfang noch einmal ab. Irgendwie hab ich das Gefühl, der Schlüssel liege in den ersten paar Sekunden des Anrufs."

Pietro lächelt verschmitzt, nickt anerkennend mit dem Kopf und spielt uns noch einmal den Anfang des Anrufs vor.

"Da ist doch irgendwas im Hintergrund, kurz bevor und nachdem der Anrufer "Hallo" sagt. Eine andere Stimme, die dann plötzlich verschwindet – mitten im Satz. Meinst du das?"

"Genau. Hört mal genauer zu, wenn ich jetzt mit unserer high tech nur diese Stimme hervorhebe."

Pietro muss bereits vor dem Nachtessen alles vorbereitet haben. Ein paar kurze Tastenkombinationen genügen, und aus dem Lautsprecher erklingt eine weibliche Stimme in nicht allzu angenehmer Tonlage und etwas atem- und bauchlos: "…mit Traktandum sieben. – Das Wort hat Frau…"

"Na, was sagt ihr dazu?" Pietro wendet sich zufrieden auf seinem Drehhocker uns zu.

"Technisch brillant, wie du diesen Hintergrundlärm zu einer verständlichen Stimme herausgefiltert hast."

"Danke, aber das habe ich nicht gemeint. Was sagt ihr zu diesen Worten? Ich glaube, die könnten uns weiterhelfen."

Ich muss ihn verständnislos angeglotzt haben. Monica reagiert schneller.

"Du meinst, diese paar Worte könnten uns auf die Spur des Anrufers helfen? Aber das kann doch irgendeine Sitzung sein, die eine Frau leitete. Die Nummer dieses Anrufes haben wir ja nicht, soviel ich mich erinnere, entweder weil sie der Computer über eine alte Zentrale nicht fand oder weil Sibyl sie aus Unachtsamkeit oder absichtlich gelöscht hat. Was ja leider des öftern vorgekommen ist. Also dead end, oder?"

"Vielleicht diesmal nicht. Wann wurde das Gespräch aufgezeichnet?"

"Am 24. Mai um neun Uhr zweiundzwanzig."

"Genau. Und welcher Wochentag war das?"

Ich kam mir vor wie in der Schule, wenn ich mich auf eine Geometrieprüfung vorbereitet hatte und in Algebra geprüft wurde. Monica drückte ein paar Tasten an ihrem Arbeitsplatz und verkündete siegessicher: "Montag."

"Also heisst das…" Pietro konnte von mir aus warten, bis der Bildschirm den screensaver aktivierte. Ich hatte nicht die leiseste Ahnung, worauf er hinaus wollte. Aber diesmal schien auch Monica nicht weiter zu wissen.

"Das hat man davon, wenn man so apolitisch ist wie ihr beide. Montags tagt jeweils das Zürcher Kantonsparlament. Von viertel nach acht bis gegen Mittag. In diesem Jahr führt eine Frau den Vorsitz, deren etwas kopflastige Stimme mir schon früher aufgefallen ist. Im Zürcher Rathaus gibt es Telefonkabinen für die Ratsmitglieder, die mit schweren schalldichten Türen geschlossen werden können. Dann wird es allerdings ziemlich warm im Kabhäuschen. Viele Parlamentarierinnen und Parlamentarier wählen deshalb eine Nummer bei offener Türe und schliessen diese erst, wenn eine Verbindung zustande gekommen ist. Das erklärt den abrupten Unterbruch unserer Frauenstimme. Wir müssen also nur noch sicherstellen, dass auf der Traktandenliste vom 24. Mai dieses Jahres die Diskussion um Traktandum sieben wirklich von einer Parlamentarierin eröffnet worden ist und können dann mit grosser Wahrscheinlichkeit annehmen, dass unser Anrufer selber Mitglied dieses Parlaments ist, da die Telefonzellen an diesem Tag niemand anderem zur Verfügung stehen. Leider genügt die Qualität der präsidialen sieben Worte nicht, einen direkten Stimmvergleich zu machen."

"Woher weisst du so genau, wie das Ratshaus eingerichtet ist. Du hast es doch nie selber gesehen, oder?" Monicas Ellbogen traf hart die untere Spitze meiner Rippen und raubte mir den Atem.

"Schon gut, Monica. Wir brauchen Sämi noch. Er wollte mich mit seiner Bemerkung sicher nicht verletzen. – Du hast recht. Ich wohnte zwar einmal in jungen Jahren einer Sitzung des Kantonsparlaments bei – und fand sie grauenhaft langweilig und chaotisch – aber obwohl ich damals noch sehen konnte, erinnerte ich mich nur schwach an das Innere des Gebäudes. Und der Zutritt zu den Telefonzellen war sowieso nicht gestattet. Aber ich habe heute morgen nach meiner Entdeckung einen Freund angerufen, der selber im Parlament sitzt und meine Vermutungen bestätigt hat."

"Mein Gott. Dann heisst das also, dass irgend so ein Schwein von einem Volksvertreter während der Ratssitzung Sibyl angerufen und sich einen runtergeholt hat?" Monica war entsetzt.

"Dürfte in den besten Familien vorkommen. Mich nimmt nur wunder, wer das war. Wie sollen wir das rauskriegen?"

"Die Traktandenliste sollten wir morgen oder übermorgen in der Post haben. Und sobald sich unsere Vermutung bestätigt hat, werden wir den hundertachtzig Mitgliedern des Hauses einen kleinen Anruf ins Haus schicken und ihre lieblichen Stimmen aufnehmen. Die brauchen wir dann nur noch mit unserer Stöhnkonserve zu vergleichen, und schon haben wir den Fisch."

"Mehr als hundertvierzig dürftens nicht sein. Die paar Frauen können wir ja wohl aus dem Spiel lassen."

Traktandum neun am Montag, 24. Mai 1993 lautete: Postulat Liliane Holzer, Zürich, Susanne Hagel Altdorfer und Rudolf Eckemann vom 9. März 92 betreffend Schaffung beschützender Arbeitsplätze bei der kantonalen Verwaltung, KR-Nummer, RRB-Nummer etc. Im Protokoll Seiten 7137 ff. Frau Holzer eröffnete die Diskussion. Die Leitung der Sitzung hatte die Präsidentin, Frau M. Weser.

"Gerade schnell arbeiten die im Parlament auch nicht." Die Verachtung in Monicas Stimme war deutlich hörbar. "Brauchen über ein Jahr, um über einen eingereichten Vorstoss zu diskutieren. Und bis dann etwas geschieht, dürfte sich die Regierung noch einmal so lange Zeit nehmen."

"Drei Jahre. Die Regierung hat drei Jahre Zeit, um auf ein überwiesenes Postulat zu antworten. Und die Antwort kann erst noch abschlägig sein." In der Zwischenzeit hatte auch ich mein staatsbürgerliches Wissen etwas aufpoliert.

"Unter diesen Umständen kann ich schon fast wieder verstehen, wenn einer der Herren sich lieber in der Telefonkabine als im Ratsaal aufhält. Wenigstens scheint dabei mehr herausgeschaut zu haben. – Wie soll's denn nun weitergehen?"

"Ich habe alles für die Anrufe vorbereitet. Wir teilen uns die hundertachtunddreissig männlichen Mitglieder des Parlaments auf. Trifft auf jeden von uns sechsundvierzig. Die Telefonnummern sind abgespeichert. Der Computer wählt automatisch an, zeichnet das Gespräch mit den notwendigen Begleitdaten auf und erstellt ein phonetisches Spektrum von jedem Angerufenen. Nur sprechen müssen wir noch selber. – Damit es nicht zu lange wird, schlage ich vor, wir stellen den Kandidaten die Frage: Sind Sie für eine kontrollierte Abgabe von harten Drogen an Süchtige? Und, falls einer wider Erwarten wortkarg sein sollte: Weshalb sind Sie dafür oder dagegen? Das alles im Auftrag einer grossen Tageszeitung und unter Federführung unseres Meinungsforschungs-Institutes Polix AG. Was meinst ihr?"

Wie üblich schien alles, was Pietro vorschlug, Hand und Fuss zu haben. Wir machten uns sogleich an die Telefonumfrage. Obwohl fast jeder vierte der Angerufenen in der Sommerpause abwesend war, hatten wir montagabends dreiundachtzig Stimmproben, als der Computer bei der vierundachtzigsten anzeigte, dass sie mit unserem sibyllinischen Anrufer übereinstimmte. Ein Blick ins Verzeichnis der Ratsmitglieder klärte uns auf: Mitglied einer Partei, die für Recht und Ordnung eintritt, auch wenn sie selber in ihrer Wahlpropaganda und ihren Zeitungsinseraten zur Unordnung neigt (wenigstens was facts and figures anbelangt), seit vier Jahren im Rat, Kaufmann und Direktor einer Import-/Exportfirma. Dreiundfünfzig Jahre alt. Was hatten wir damit erreicht?

"Unser Politikerfreund hat gemäss unseren Aufzeichnungen viermal angerufen und dabei immerhin gegen tausend Franken liegen lassen. Der erste Anruf erfolgte am 24. Mai, der letzte einen Tag, bevor Sibyl verschwand. Ein Anruf aus dem Rathaus, einer aus dem Büro, und zwei liessen sich nicht zurückverfolgen. Wahrscheinlich ist er klüger geworden. Zumindest vorsichtiger. Mehr wissen wir im Moment nicht. Die andern Anrufe scheinen alle in eine Sackgasse zu führen. Schliesslich können wir nicht gegen zweihundert Personen mit einem Anruf konfrontieren, den wir gar nicht kennen dürften."

"Und der, wenn unser Kunde volljährig ist, auch nicht strafbar ist", werfe ich ein.

"Also sense." Monica ist enttäuscht und müde, wie wir alle.

"Wir mussten damit rechnen, dass unsere Suche nicht von Erfolg gekrönt ist. Immerhin haben wir es versucht. Und ganz aufgeben möchte ich noch nicht. Irgend etwas an diesen Anrufen stimmt nicht. Ich komme nur nicht dahinter, was es ist."

Pietros Hartnäckigkeit und Gewissenhaftigkeit auch in den kleinsten Dingen hatte mich in der vergangenen Woche schon ein paar Mal erstaunt. Er war ein Perfektionist, ohne von seiner Umgebung die gleiche Hingabe an eine Aufgabe zu erwarten. Im Gegenteil, es schien ihm nichts auszumachen, die Scherben und verloren gegangenen Bruchstücke eines andern Lebens behutsam und ohne Aufheben aufzuheben, sie neu zu ordnen und zusammenzufügen und dem erstaunten Verlierer unaufdringlich und schonend zur eigenen und des andern Freude zu präsentieren. In seiner Gegenwart schien alles wertvoller, gehaltvoller und bedeutungsvoller zu werden, was an Unscheinbarem auf dem Lebensweg eines und einer jeden lag.

"Erinnerst du dich, was du gesagt hast, als ich euch den ersten Anruf vorspielte?" Die Frage war an mich gerichtet. Ich erinnerte mich nicht mehr. "Du sagtest wie nebenbei, Sibyl scheine den Anrufer zu kennen. Ich glaube, du hast recht, Sämi. Wenn Sibyl den Mann kannte, bevor er das erste Mal anrief, verbindet die zwei etwas anderes als Telesex. Und dieses andere könnte uns interessieren. Ich schlage vor, wir schauen uns den Mann und seine Firma etwas näher an. Das heisst, wenn ihr überhaupt weitermachen wollt."

Pietro schien Gedanken lesen zu können. Ich hatte mich in der Tat gefragt, ob das alles noch Sinn mache. Eine Stecknadel in einem Heuhaufen mithilfe modernster Elektronik zu suchen, mochte eine gewisse Aussicht auf Erfolg haben. Was zeigt, dass auch Sprichworte veralten, wenn man sie nur liest und nicht versteht. Aber ein Verbrechen aufzuklären, von dem man nicht einmal sicher weiss, ob es ein Verbrechen ist, ob es Opfer und Täter gibt; das nur aus einem flüchtigen Hauch Chloroform und einer, zugegebenermassen völlig ruinierten Wohnung besteht, die den Gazetten nur gerade fünf Zeilen wert gewesen war (natürlich auf Anordnung der Polizei) und einer Vermissten, aber keiner Leiche ... Was mich daran erinnerte, wieder einmal meinen Telefonbeantworter nach einer eventuellen Meldung Sibyls abzufragen – bisheriges Resultat negativ... ein solches Vielleicht-Verbrechen aufzuklären mit keinen andern Hilfsmitteln als Tonaufzeichnungen der jüngsten Generation, schien mir je länger desto mehr auf eine Verschwendung meiner Zeit und meiner Finanzen herauszulaufen. Monica schaute mich erwartungsvoll an.

"Wenn ihr beide weitermachen wollt – okay ich bin noch dabei. Sagen wir bis Ende Monat." Monicas Kuss entschädigte mich für die laufenden Spesen, um so mehr, als ich den Überblick über die Kosten verloren hatte.

"Sämi, du hast einmal nach dem Abendessen von einer Kollegin in Zürich gesprochen, die dir ihre Unterstützung angeboten habe. Wäre es denkbar, sie mit einigen Recherchen über unseren Mister X zu betrauen?"

"Ich denke schon. Sie scheint mir kompetent und clever zu sein. Soll ich sie anrufen und fragen."

"Ich glaube, das wäre das Beste."

Das Kielwasser gurgelt leise und lässt zwei silberne Streifen in Homers tintenblauer Ägäis zurück. Vor rund drei Stunden haben wir Mykonos verlassen und sind westwärts Richtung Hydra ausgelaufen. Die Wettervorhersage ist akzeptabel. Südlicher Wind mit etwa zehn Knoten, langsam über West nach Nordwest drehend und auffrischend bis höchstens sechs Beaufort. Natürlich kann ich mir Angenehmeres vorstellen als hier in der Ägäis Windstärke fünf oder sechs auf die Nase. Aber mit einer Amel unter den Füssen ist das nun wirklich kein Problem. Der Bentley unter den Yachten dürfte auch mit der steilen Welle des Mittelmeeres fertig werden, ohne die Crew unter Deck allzu sehr zu quälen.

Momentan ist es sowieso reinstes Segelvergnügen, was uns die 48-Fuss Yacht beschert. Unter Halbwindspinnaker rauschen wir mit acht bis neun Knoten Fahrt auf die Nordspitze Keos zu, um möglichst viel Höhe zu machen, bevor der Wind schralt und uns auf die Kreuz zwingt. Uns, das sind Philipp, Silvia, Doreen und ich. Obwohl Segeln für mich immer Vergnügen und Entspannung bedeutet, ist unsere Fahrt nicht ein eigentlicher Urlaubstörn. Pietro hatte wieder einmal recht gehabt mit seinem Verdacht.

Es gibt SegelerInnen und andere. Das ist mir schon auf meinen ersten Chartertörns, die ich als Skipper führte, klar geworden. So wie es BergsteigerInnen und andere gibt. Oder Menschen, die zur Gesundung ihrer Seele den Tropenwald oder die Wüste brauchen. Das hat direkt nichts mit den zurückgelegten Seemeilen, der Anzahl bezwungener Vier- und Mehrtausender oder mit abgehakten Oasen zu tun. Im Gegenteil. Wer die Natur bezwingen will und ihr seine Rekorde aufzwingt, hat ihre heilende Schönheit noch nicht gespürt. Schönheit, die wild und zerstörerisch sein kann, aber nicht grausam. Nicht brutal. Wer die Natur missbraucht, um sich selber an ihr zu bestätigen, isst noch immer den Apfel der Erkenntnis und wird weiterhin aus dem Paradies vertrieben. Wer aber die vier Archetypen der grossen Mutter Erde entdeckt hat: das Meer, die Berge, die Wüste und den Dschungel, der hat ein Stück Heimat für die wunde Seele entdeckt. Hat an die Tür zum Paradies geklopft und einen Blick hineinwerfen dürfen.

Der Wind bläst so konstant, dass die Beluga II wie auf

Schienen Keos entgegenrauscht, gesteuert von ihrer Windfahne. Philipp und Silvia haben Wache. Aber ich lasse mir die Gelegenheit nicht entgehen, das goldene Abendlicht der Ägäis zu trinken. Doreen ruht in unserer Kajüte. Auf dem Schiff brauch ich fast keinen Schlaf. Vier bis fünf Stunden genügen. Der salzige Duft ist mir Lebenselexir. Und wenn die Delphine auftauchen und um den Rumpf zu spielen beginnen. Dann ist alle Müdigkeit wie weggeblasen, die Tränen strömen mir über die Backen, und meine Seele jubiliert vor Sehnsucht.

Ich kann es nicht fassen, was wir diesen intelligenten Tieren an Grausamkeiten und Unverständnis antun. Zu tausenden ersticken sie immer noch jämmerlich in unseren Schleppnetzen. Sie, die Schiffbrüchige selbstlos vor dem Ertrinken retten. Die sich nur mit einem Segelschiff einlassen, das schön segelt. Sonst begleiten sie es vielleicht ein Stück. Beäugen es in ihrer kindlichen Neugierde. Fordern es auf, ihnen an Leichtigkeit und Anmut nachzueifern. Und wenden sich nach kurzer Zeit wieder von ihm ab. Ohne Vorwurf. Höchstens ein bisschen traurig, ein wenig enttäuscht.

Wir schlachten die Delphine ab, wie wir die Kinder in Bosnien massakrierten. Hirnlos. herzlos. teilnahmslos. Als ob wir die Erde und das Leben auf ihr geschaffen hätten und es mit einem Fingerschnippen jederzeit aus dem Nichts wieder neu schaffen könnten. Selbst wenn uns die Kinder Bosniens vergeben könnten (aber weshalb sollten sie), die Hunderttausenden von Delphinen, die Millionen Büffel, die ungezählten Arten, die ausgestorben sind infolge unserer Blindheit und Borniertheit – sie werden uns nicht vergeben können, weil Gott sie in die andere Wagschale werfen wird.

Wenn der Wind in dieser Stärke durchsteht oder sogar noch zulegt, dürften wir morgen früh in Hydra ankommen. Und dann – mit etwas Glück – jenen Mr. Kaloumenas aufspüren, dessen Fährte wir seit knapp zehn Tagen verfolgen, und der uns bisher immer wieder vor der Nase weg entschlüpft ist (obwohl er eigentlich gar nicht wissen kann, dass wir ihn sprechen wollen).

"Ich hole Silvia und mir ein Bier und etwas zum Knabbern. Willst du auch etwas?" Philipps Stimme reisst mich aus meinen Gedanken. Das letzte Segment der blutroten Sonnenscheibe versinkt im Meer. Wie schnell hier sogar im Herbst Dunkelheit die Dämmerung erstickt.

"Ich geh nach unten und reich euch beiden ein Bier und etwas Salziges an Deck. Leg mich noch ein bisschen aufs Ohr, bevor Doreen und ich an der Reihe sind. Und haltet die Augen offen und werft ab und zu einen Blick auf den Radarschirm. Vielleicht sichtet ihr die langfingrige Eos."

Nachdem ich die Wache verproviantiert und mir selber noch ein Budweiser zugestanden habe, lege ich mich neben Doreen in unsere geräumige Achterkoje. Doreen schläft offenbar. Als ich sie berühre, murmelt sie etwas Unverständliches und macht mir noch mehr Platz. Was ich nicht erreichen wollte. Je grösser das Schiff, um so grösser die Einsamkeit des Langfahrtenseglers. Silly boy. Ich lege mich auf den Rücken und lasse mich vom leichten Rollen der Beluga einlullen. Hoffentlich klappt es diesmal. Dieser Kaloumenas muss doch einmal zu fassen und zu einem kleinen Geschäft zu überreden sein.

Doreens Stimme dringt von weither an mein Ohr.

"Befehl ist Befehl. Er hat ausdrücklich gesagt, niemand schiebe alleine Wache. Also muss auch der Skip persönlich aus der Koje kriechen. Ihr habt eure Arbeit getan. Jetzt kommt das Vergnügen."

Ich muss tiefer geschlafen haben, als ich mir selber zugestehen mag. Der Krängung und dem Gurgeln der Wellen nach zu schliessen hat der Wind zu schralen begonnen und an Stärke zugelegt. Philipp kommt den Niedergang hinunter.

"Your turn, old man. Die Lady läuft Spitze. Achteinhalb Knoten, zunehmend. Aber den Spi trägt sie nicht mehr lange. Der Wind kommt bereits aus Südsüdwest. Ich bin abgefallen, um die Rauschefahrt halten zu können."

"Danke für das Briefing. Und geniesst die Freiwache."

"Keine Angst. Wenn du und Doreen die Beluga weiterhin so auf Schienen fahrt wie Philipp und ich, schlafen wir herrlich." Silvias Gesicht taucht in der Kojentür auf.

"Wer spricht denn hier von schlafen. Habt ihr in eurer Luxusbugkoje nichts besseres zu tun?"

"Dirty mind of a dirty old man." Philipps Grinsen verrät, dass er meinen Vorschlag zumindest der näheren Prüfung für wert hält. "Spass beiseite – sollen wir euch noch beim Bergen des Spinnakers helfen, oder wollt ihr Laokoon spielen?"

"Ich glaube, Doreen und ich werdens schaffen. Und sonst

hört ihr unser Ringen sicher im Halbschlaf und eilt uns im Pyjama zu Hilfe."

"Du weisst genau, dass ich auf hoher See nur nackt schlafe."

"Damit sie im Seenotfall weniger Platz in der Rettungsinsel beansprucht." Philipp legt seinen Arm und Silvias Schultern.

"Und ihr dann alle warm geben müsst und niemand den rettenden Frachter sichtet, der in nur zwei Meilen an uns vorüberzieht."

"Ihr zwei seid unmöglich, und der Spinnaker kann mir gestohlen bleiben. Ich helfe euch nicht, und wenn ihr das ganze Schiff darin einwickelt wie Christo den Reichstag. Gute Nacht." Silvia stapft ins Vorschiff.

"Und dabei würden hundertachtzig Quadratmeter Spinnaker sogar dich sittsam kleiden", rufe ich ihr nach. Sie streckt mir als Antwort die Zunge heraus, und Philipp und ich lachen.

"Muss ich eigentlich alles selber machen an Deck. Wann geruht unser Alter, sich an die frische Luft zu begeben?"

Noch fehlt jeder drohende Unterton in Doreens Stimme. Aber sie hat recht. Ich muss die Lage an Deck einmal selber einschätzen. Ich schliesse den Faserpelz vor der kühlen Nachtluft und schicke Philipp mit einem freundlichen Schlag auf die Schulter nach vorn.

Der Wind hat nicht nur scheinbar durch den noch etwas spitzeren Kurs zugelegt. Jetzt weht es mit schätzungsweise wahren fünf Beaufort. Zeit, den Spi durch die Genua zu ersetzen.

"Also rein in die Arbeit. Nehmen wir der Lady etwas Tuch weg. Das wird sie mögen. Diese Surfer müssen aber auch immer bis ans Limit gehen."

Ich lasse die Beluga langsam bis platt vor den Wind abfallen, schicke Doreen aufs Vordeck und fiere den Achterholer auf, als das Tuch im Windschatten des Grossegels zusammenfällt. Nach einer Woche Segeln sind wir schon ein ganz gut eingespieltes Team. Doreen rafft das leichte Tuch mit beiden Armen zusammen, ich gebe ihr die Schott ganz frei und löse das Fall. Langsam und kontrolliert kommen die einhundertachtzig Quadratmeter auf Deck hinunter. Ich lasse die Yacht zur Sicherheit ein paar Grad anluven, damit nicht eine Patenthalse das gelungene Manöver noch vermasselt und gehe nach vorn, um Doreen im Kampf "Spinnaker in den Sack" beizustehen. Knappe fünf Minuten nach Beginn des Manövers liegt der Kurs auf Hydra wieder an, und die Amel schneidet mit noch immer acht Knoten unter Genua und Gross durch die Wellen, die langsam höher werden.

"Kaffee, Tee oder einen Ouzo? Einen Drink haben wir uns nach diesem Manöver verdient."

"Gegen einen heissen Tee und eines der Sesambrötchen aus Mykonos hätte ich nichts einzuwenden."

Um halb vier morgens runden wir Keos und legen den Kurs direkt auf Hydra an. Ich liebe die Insel. Wie ein trotziger Spatenstich teilt sie die Wasser, die bei Meltemi oder Schirocco an ihre abweisenden Ufer rollen. Die Ufer sind so steil, dass Ankern nur an ein paar wenigen Stellen, in seichteren Buchten, möglich ist. Und auch dort nur bei ruhiger See und ablandigem Wind. Aber an einer Stelle, ungefähr in der Mitte der lang gezogenen Insel, öffnet sich dem müden Segler ein Hafen, wie er seinesgleichen sucht in der Ägäis: Hydra, die stolze, sich an die Bergflanke schmiegende Festung gegen Wind und Wetter, Türken und Freibeuter.

Der Hafen ist bei stürmischer See meistens voller Boote, die Zuflucht vor den Elementen suchen. Und da beim gefürchteten Meltemi Dünung in den Hafen steht, findet man die Masten, Salinge und Wanten im Veitstanz vor dem voll gepackten Quai. Die Trossen ächzen unter der Last der schlingernden Yachten, und über die Mole aus rohen, unbehauenen Steinblöcken fliegt die Gischt der in die Bucht donnernden See.

Welch anderer Anblick, wenn der Segler das Glück hat, bei südlichen Winden die Westspitze der Insel zu runden, um schliesslich mit gefierten Tüchern im Lee der Insel ruhig und majestätisch in den halbrunden Hafen zu gleiten und bei fast leerem Quai vor einem der Strassencafés anzulegen. Der freie Platz rund um das Hafenbecken döst unter der warmen Oktobersonne. Eine Handvoll Buben ist mit Silch, Angelhaken und halben Brotlaibern am Fischen. Mindestens ein Dutzend Katzen warten auf ihren Erfolg oder bringen sich im letzten Moment vor ihren Fusstritten unter einem Tischchen oder klapprigen Handwagen in Sicherheit. Drei oder vier Maulesel lassen ihre Köpfe hängen und geniessen das bisschen Entspannung, das ihnen ihre Besitzer vor der Ankunft der nächsten Schiffsladung gönnen. Die Benzinkutsche hat auf den steilen Stufen und Treppen, welche die Häuser der einstigen Freiheitskämpfer und erfolgreichen Handelskapitäne hoch den Hang hinauf untereinander verbinden, nie Rad fassen können. Der genügsame, trittsichere Maulesel hat ihr in den verwinkelten engen Gassen und Gässchen den Rang abgelaufen, und so kann man denn in der Sommersaison, wenn Touristen die Einwohnerzahl anschwellen lassen, ein halbes Hundert von ihnen geduldig auf dem Hafenplatz warten sehen. Wenn dann das Fährboot mit Trinkwasser, Gemüse, Früchten, Holz, Zement und hundert anderen Dingen in den Hafen einläuft, um stets an der gleichen Stelle am Quai anzulegen, erwachen die Tiere und ihre Säumer zum Leben. Packsattel um Packsattel, Karawane um Karawane wird kunstvoll beladen, bis die Last in keinem Verhältnis mehr steht mit den schlanken Beinen der Lasttiere. Ohne Hast und mit der grossen Sicherheit, die nur die tägliche Übung bringt, verschwindet der Zug in den Gassen zwischen den Häuserfronten, um unerwartet und unvorhersehbar plötzlich am Hügel oben für einen kurzen Moment wieder aufzutauchen und das Gebimmel seiner Glöckchen über das Hafenrund zu senden.

Als wir gegen zwei Uhr nachmittags in Hydra einlaufen, liegen nur sechs Yachten am Quai. Keine von ihnen scheint Stephanos Kaloumenas zu gehören, denn nach Pietros Angaben muss es sich bei Kaloumenas Schiff um einen Schoner fürstlichen Ausmasses handeln. Absolut nicht zu übersehen. Wir können nur hoffen, dass die Angaben, die wir in Mykonos von Pietros Funkkollegen erhalten haben, zutreffen. Ihnen zufolge hatte die Semiramis von Kreta kommend Kurs auf Hydra genommen. Sollte Pietros Kollege irgend etwas aus dem Funkverkehr der Semiramis aufschnappen, was für uns von Bedeutung sein könnte, würde er es uns per Funk mitteilen. Auf einem alle zwei Minuten wechselnden Yachtkanal, dessen wechselnde Frequenzen wir in Mykonos zum voraus festgelegt hatten. Bisher war alles ruhig geblieben, so dass wir mit der Ankunft der Semiramis bis gegen Abend rechnen durften.

"Kommt ihr mit auf einen kleinen Landgang und einen

Ouzo?"

"Nur wenn du mir den kleinen Delphin Ohrhänger kaufst, den ich schon letztes Jahr bewundert habe."

"Die Frau ruiniert mich noch." Philipps Stöhnen klang nicht ganz echt.

"Das hat man eben von diesen Luxusfrauen. Doreen würde so was nie von mir verlangen. Aber immerhin haben wir so lange Ruhe vor Silvia, als sie ihren Ohrenschmuck aussucht. Das sollte dir die Auslage eigentlich wert sein."

"Du bist ein Scheusal, Sämi. Und ungerecht dazu. Immer verlangst du von uns Frauen, dass wir euch Machos gefallen sollen. Aber um die gesamte Infrastruktur haben wir uns selber zu kümmern."

"Wie recht du hast, aber schliesslich wohnen die meisten Leute lieber in einem Haus, als es zu bauen. Und überdies habe ich immer gemeint, der Verkäufer in deinem Delphinladen sei mindestens so attraktiv wie das Gehänge. Also lass Philipp und mich unseren Ouzo schlürfen und den weitern Schlachtplan besprechen, während du mit deinem glutäugigen Delphinverkäufer über den Preis feilscht."

Silvias Box war nicht bös gemeint, zeugte aber von der respektablen Kraft und Schnelligkeit, die in ihrem trainierten Körper steckte. Hoffentlich konzentrierte sich der Verkäufer auf den Delphin, denn bei einer Auseinandersetzung mit Silvia räumte ich ihm geringe Chancen ein.

Doreen schloss sich Silvia an, während Philipp und ich zu den Fischerbooten hinüber schlenderten. Die Bauarbeiten im untiefen Teil des Hafens näherten sich ihrem Ende, und vom Café aus hatte man einen schönen Blick über Hafenbecken, Mole und das restaurierte Fort, das über dem Eingang zum Hafen thronte und in dem die Räume der Hafenpolizei untergebracht waren.

"Müssten wir uns nicht beim Hafenmeister melden?" Der Pflicht bewusste Philipp dachte an alles.

"Die ersten zweimal hab ich es gemacht. Aber wenn du das Schauspiel in drei Akten für vier Funktionäre und sieben Stempel einmal kennst, kannst du darauf verzichten. Ich habe nichts dagegen, wenn du dich in die Höhle des Papiertigers zu stürzen gedenkst. Ich halte mich lieber an meinen Ouzo. Und damit genug Devisen ins Land fliessen, schlage ich vor, dass wir heute Abend zu Baba Mendrakis essen gehen."

"Hoffentlich macht uns die Semiramis keinen Strich durch die Rechnung. Ich hätte nichts gegen ein Viergangmenu nach der Schiffszwieback-Diät und einen gemütlichen Abend."

Philipp scheint prophetische Qualitäten zu besitzen. Schade, dass Propheten so oft Unglück vorhersagen. Optimisten gehen eben in die Politik.

Baba Mendrakis Restaurant befindet sich nicht am Hafenquai unten. Wie alle wirklichen Geheimtipps zum gut Essen liegt es, versteckt im Gewirr der Gassen, nicht an bevorzugter Aussichtslage, und muss deshalb seine Kundschaft mit herzlichem Service, ausgezeichneter Küche und vernünftigen Preisen bei der Stange halten. Baba, Patron, Küchenchef und Oberhaupt der Grossfamilie mit vierzehn Mitgliedern von der Grossmutter bis zur anderthalbjährigen Enkelin, war ein Phänomen. Nach zwölf Jahren Gastarbeiter (was für ein verlogenes Wort in den Ohren eines Volkes, dem die Gastfreundschaft über Jahrtausende heilig war und das sie erst unter der Flut von EU-Richtlinien und dem Massentourismus zu vergessen scheint), Baba also war nach zwölf unglücklichen Jahren im fernen Deutschland mit einem ersparten Vermögen von hundertzwanzigtausend DM auf seine Heimatinsel zurückgekehrt und hatte im Alter von achtundvierzig Jahren eine kleine Kneipe eröffnet. Seine fröhliche, unkomplizierte Art und seine unbestrittenen Fähigkeiten als Koch liessen Baba Mendrakis Taberna langsam aber stetig wachsen, und heute ernährte sie gegen zwanzig Personen, wenn man Babas zweitälteste Tochter und deren Familie dazuzählte, die von Baba mit einem regelmässigen Zustupf in die Not leidende Haushaltskasse rechnen durfte. Baba hatte sich der Liebesheirat auf ein karges Landgut im Süden des Peloponnes nicht widersetzt, obwohl im die schmale materielle Grundlage des Schwiegersohnes bekannt gewesen sein musste.

Und da gibt es noch immer Individuen, die "Ausländer raus" schreien und mit ihrem nationalen Chauvinismus die Fackel in die Scheunen der Unzufriedenen und Kleinmütigen tragen. Gibt es bessere Entwicklungshilfe und einen sinnvolleren Ausgleich zwischen dem reichen Norden und dem armen Süden als die Hunderttausenden von Babas, denen als gobetween zwischen den Kulturen unsere Unterstützung und

Sympathie gehören sollte? Die die lokalen Strukturen in ihrem Heimatland kennen und ihr sauer genug verdientes Geld unter dem Gesichtspunkt grösster Wertschöpfung der Volkswirtschaft ihres Landes zukommen lassen. Was für ein Jammer, dass Rassismus Dummheit und Dummheit Rassismus so attraktiv findet, dass ihr ständiger Flirt uns an unserer politischen Potenz zweifeln lässt.

Ich hatte Andreas, einen Fischer, dem ich einmal zwanzig Liter Diesel geschenkt hatte, als sein prähistorischer Einzylinder vier Seemeilen vor Hydra mangels Treibstoff seinen Geist aufgab, gebeten, uns zu benachrichtigen, sobald die Semiramis im Hafen einlief. Andreas platze mitten in den Hauptgang der lecker zubereiteten Lammkoteletts und bedeutete mir aufgeregt, der Schoner sei im Begriff, an der Aussenmole festzumachen. Das Schiff war zu gross, um im Hafenbecken manövrieren zu können. Ich hiess die Crew, mir in spätestens zwanzig Minuten auf das Schiff zu folgen, stürzte noch ein Glas des ausgezeichneten einheimischen Weissweins herunter, rief Baba zu, er solle Andreas einen doppelten Metaxa bringen und hastete in Richtung Hafen. Als ich am Quai ankam, lag die Semiramis leise schaukelnd bereits vor der Aussenmole und die letzten Trossen wurden an den glänzenden Heckpollern belegt. Die Heck-Gangway war noch nicht abgefiert worden, so dass ich damit rechnen konnte, es sei noch niemand von Bord gegangen. Ich hatte Glück: Lässig im Steuerbord-Heckkorb unserer Beluga hängend und nachdem ich mir aus der Bordbar einen Grand Marnier bewilligt hatte, konnte ich das Heck der Semiramis an der Sprayhood vorbei wunderbar im Auge behalten.

Philipp, Silvia und Doreen sind kaum an Deck, als sich die Gangway der Semiramis wie von Geisterhand bewegt auf die Aussenmole niedersenkt und drei Personen, die im schwachen Licht der Molenbeleuchtung nur undeutlich zu erkennen sind, an Land gehen. Philipp hat bereits unser lichtstarkes Peilfernglas am Auge. Sein leiser Pfiff schenkt ihm unsere Aufmerksamkeit.

"Die Frau ist noch besser gebaut als die Yacht."

"Lass Deine Machosprüche und gibt mir das Glas." Silvia nahm die drei Gestalten ins Visier. "Die Herren der Schöpfung sehen ja auch nicht schlecht aus. Zumindest sind sie gut angezogen. Und das macht bei euch Männern bereits die Hälfte eurer Unwiderstehlichkeit aus. Dem selbstsichern Auftreten nach könnten sie zur Sex-Mafia gehören, der wir auf der Spur sind."

"Sei nicht kindisch. Noch sind wir gar niemandem auf der Spur. Unser Verdacht steht auf so schwachen Beinen, dass du nicht einmal die Auslagen für diese Reise von der Steuer absetzen kannst. Also sei nicht so kratzbürstig, damit dieser Törn wenigstens etwas Erholungswert bekommt."

"Ihr beide könnt euch gerne den ganzen Abend lang streiten und so die zarten Bande knöpfen, über die wir Realisten stets stolpern. Doreen und ich werden uns den dreien an die Fersen hängen und sehen, ob die gute alte Bespitzelung uns weiter bringt. Gib mir das Funkgerät und das leichtere Glas. Wenn wir Verstärkung brauchen, rufe ich euch auf Kanal 84. Also turtelt nicht zu laut."

Unterdessen waren die drei auf unserer Seite des Hafenbeckens angekommen und im Begriff, in einer der dunkleren Gassen zu verschwinden. Doreen und ich mussten uns beeilen. Als wir am Eingang der Gasse ankamen, sahen wir, wie die Frau auf einer Treppe, die rechts den Hang hinaufführte, um eine Hausecke verschwand. So lautlos wie möglich hasteten wir der Gruppe hinterher. Die verwinkelten Gässchen und die schwache und oft fehlende Beleuchtung liess uns ziemlich einfach Deckung finden. Andererseits bestand immer die Gefahr, dass die drei plötzlich unauffindbar um eine Hausecke verschwanden. Keine fünf Minuten später passierte genau das.

Wir hatten den grösseren der beiden Männer eben noch die letzten Stufen einer steilen Treppe erklimmen sehen und kamen mit jagendem Puls oben an, als die drei, wie vom Erdboden verschluckt, verschwunden waren. Weder in der nach links in Richtung Hafen führenden Gasse noch in ihrer schmaleren Fortsetzung nach rechts den Hang entlang rührte sich etwas. Und die Stufen vor uns, die geradewegs in den mit Sternen übersäten Himmel zu führen schienen, waren leer.

"Verd…, jetzt sind sie uns doch entwischt." Ich konnte meine Enttäuschung nicht verbergen.

"Die können sich doch nicht einfach in Luft aufgelöst haben." Es bereitete uns beiden Mühe, nach dem Fitnessprogramm der tausend Stufen auch nur zu flüstern.

"Bleibt uns nichts anderes, als die beiden Gassen links und rechts zu inspizieren und dann zu warten. In der Hoffnung, sie kämen innert nützlicher Frist aus einem der Häuser hier. Geh du nach links, ich nehme die rechte Seite. In ein paar Minuten treffen wir uns wieder hier."

Doreen nickte zum Zeichen des Einverständnisses und war auch schon im Schatten der Hauswand verschwunden.

Seit einer halben Stunde warten wir. In den Schatten des Türrahmens eines einmal stattlichen, heute baufälligen Hauses gedrückt. Die Musik der Insel dringt an mein Ohr: fordernder, je weniger ich die eigenen Gedanken festzuhalten versuche. Der rostige Schrei eines Esels löst eine Salve tierischer Stimmen aus, die der Seewind als tönende Gebetsfahne zur schmalen Mondsichel im Westen hinaufträgt. Aus der Tiefe lässt das Meer seine Urweise durch die Gassen aufsteigen. Eine Katze schreit Herz zerreissend, und ganz in unserer Nähe faucht eine dieser geschundenen Seelen, wahrscheinlich um sich einen der zahllosen Kater vom Leibe zu halten, die beim Vergnügen allzeit bereit, bei den Nachwuchspflichten kaum mehr gesehen sind.

"Das müssen sie sein." Doreens aufgeregt geflüsterte Worte reissen mich aus meinen Gedanken. Ich hätte sie nicht wieder erkannt. Anstelle der dunklen Anzüge tragen die Männer sportliche Jacken und Hosen. Die Lackschuhe haben robusten Timberlands Platz gemacht. Die Frau ist nicht mehr bei ihnen.

"Die Frau muss im Haus geblieben sein. Hast du gesehen, aus welcher Türe sie traten?"

"Sie kamen aus dem Haus mit den geschlossenen Fensterladen hinter der Strassenlaterne."

"Versuch du, ins Haus zu kommen und etwas über die Frau zu erfahren. Ich folge den beiden Typen." Ich küsse Doreen flüchtig auf die Stirn, um ihr viel Glück zu wünschen, wie ich erst später und völlig ausser Atem gekommen realisierte, und haste den dunklen Gestalten nach, die sich am obern Ende der Treppe gegen den Nachthimmel abheben und eben im Begriffe sind, um eine Hausecke zu entschwinden.

Die beiden sind gut trainiert. Nach einer Viertelstunde unermüdlichen Treppensteigens und kurzen Zwischenspurts durch enge dunkle Gassen klopft mein Herz von innen an die Schädelwand, als wolle es mir die Schädeldecke absprengen. Mein Puls rast und Lichtkreise tanzen vor meinen Augen. Ich beschliesse mit einem letzten Rest von Feierlichkeit mir gegenüber, auch an Bord das Rauchen aufzugeben und vor Sonnenuntergang keinen Alkohol mehr zu trinken. Unbeirrt rasen die beiden Männer den Hang hinauf – wenigstens meinem Puls von hundertvierzig erscheint es so. Der Weg windet sich zwischen Ginster und Dornbusch aufwärts und verschwindet immer wieder unter kleinen Beständen von Pinien und einigen vereinzelten Olivenbäumen.

Wo zum Kuckuck laufen die hin? Der Satz dröhnt im rasenden Wirbel in meinem Schädel. Wo zum Kuckuck laufen die hin? Wo zum Kuckuck laufen die hin?

Zuoberst auf dem Bergrücken von Hydra liegt ein Kloster. Bei klarem Wetter hat der Besucher einen Atem beraubenden Blick auf den Peloponnes hinüber und über den argolischen und sardonischen Golf. Im Südwesten versinkt der junge Mond im Dunst über der Spartanerinsel. Ich bin mir ziemlich sicher, dass die beiden dunklen Gestalten nicht der Aussicht wegen den Hügel hinauf rennen. Wenn wir nicht bald am Ziel ankommen, muss ich mich setzten und zu Atem kommen – trotz der Gefahr, sie aus den Augen zu verlieren.

Als ich die letzte Biegung des Weges hinaufhaste und sich plötzlich die Klostermauer vor mir weiss gegen den nachtblauen Himmel abhebt, sehe ich gerade noch, wie der grössere der beiden Männer in der Klosterpforte verschwindet und die Tür hinter ihm ins Schloss fällt.

"Verd…!" So nahe an einer Stätte aufrichtigen Ringens und Suchens bleibt mir der Fluch im Hals stecken. Ich setze mich im Nachtschatten eines Ginsterbusches auf den Boden, um die Klosterpforte im Auge zu behalten und zünde mir eine der zerknitterten Zigaretten an, die ich am Hafen unten erstanden hatte. So schnell sind Vorsätze vergessen, wenn die Enttäuschung wächst. Was Doreen jetzt wohl macht?

Eine knappe halbe Stunde später knarrt das Tor durch das raspelnde Brausen der Zikaden, und meine beiden Dunklen verabschieden sich mit einer leichten Verbeugung vom Popen. Ich drücke die dritte, erst halb geraucht Zigarette im rotbraunen Sand aus. Die beiden Männer folgen der Klostermauer und sind vor dem hellen Stein gut auszumachen. Bis sie ein schwarzes Loch verschluckt.

Möglichst leise haste ich den Hügel hinauf auf die dunkle Passage zu, die zwischen der eigentlichen Klosteranlage und einigen Nebengebäuden und Ställen liegt. Ein Klosteresel schreit seinen Schmerz in den Nachthimmel hinaus. Der Schrei bricht sich an den Mauern und Esel und Schmerz scheinen für einen Augenblick allgegenwärtig zu sein.

Der Abhang mit seinem kargen Bewuchs vor mir nimmt die beiden Männer in seine Nachtschattenlandschaft auf. Als ich am Ende der Klostermauer ankomme, sehe ich, wie sie auf ein niedriges Gebäude zuhalten, das ungefähr hundertfünfzig Meter unterhalb der Klosteranlage am Nordhang der Insel liegt, halb verdeckt von einigen Olivenbäumen. Ich beeile mich, den Abstand zwischen ihnen und mir zu verkleinern. Als sie zweimal laut und dreimal leise an die Tür klopfen, kauere ich keine zwanzig Meter schräg hinter ihnen hinter einem alten verrosteten Ölfass. Die Tür öffnet sich einen Spalt breit, irgendeine Losung wird gemurmelt, und die beiden Freizeitjogger verschwinden im Innern des Gebäudes.

Ich schleiche mich sorgfältig an den Eingang heran. Entweder ist die Tür dichter, als sie aussieht, oder das Gespräch findet nicht in ihrer Nähe statt. Kein Laut dringt nach aussen. An der Hinterseite der baufällig aussehenden Hütte, aus der seltsamerweise jedoch kein einziger Lichtstrahl fällt, entdecke ich einen Schuppen, dessen nur mit einem Kellerriegel und einem rostigen Nagel verschlossene Tür sich ohne Lärm öffnen lässt. Im Innern ist es stockdunkel, und meine Augen benötigen beinahe fünf Minuten, bis ich mich genügend orientieren kann, um nicht über eine der Drahtrollen, Schaufeln, Brechstangen oder einen der Blechkanister zu stolpern, die wild verstreut im kleinen Raum herumliegen.

Während ich warte, dass mir die Nacht mein Augenlicht zurückgibt, höre ich ganz schwach Stimmen, die aus der linken Ecke des Schuppens zu kommen scheinen. Ich taste mich näher heran, darauf bedacht, keinen Lärm zu machen, der mich verraten könnte. Der Lautsprecher entpuppt sich als Elektrikerrohr, das hohl und sinnlos in den Schuppen hängt, und dessen anderes Ende offenbar ins Zimmer ragt, in welchem meine Nachtbuben tagen. Wenn ich das Ohr ans Rohr lege, verstehe ich, was gesprochen wird. Alle vier sprechen Englisch, wenn auch mit unterschiedlich starkem Akzent.

Und unterschiedlich grossem Wortschatz.

Ich höre euren Herzschlag, ihr Gauner. Passt auf, ich nehme euch den Puls. Wie ein Arzt bin ich nicht objektiv. Ich will die Krankheit finden und sie ausrotten. Nehmt euch in acht vor dem Stethoskop meiner Rache. Ich weiss, dass ihr Julia umgebracht habt. Ihr habt mir Sibyl genommen und mein beschauliches Leben.

Nach fünf Minuten weiss ich, dass sich mein Schwitzen den Hügel hinauf gelohnt hat. Die drei oder vier Männer – vielleicht ist eines auch eine Frauenstimme. Wenn nur Pietro dabei wäre, unser Hörgenie – verhandeln über Beträge, deren kleinster sich mit sechs Nullen schreibt. Stephanos Kaloumenas ist der Besitzer der Semiramis. Und im Raum, den ich nicht sehe, aber höre, verhandeln zwei von Bord des Schoners über Waffenlieferungen, die mit Rauschgift bezahlt werden sollen. Und irgendwo in diesem Gewühl aus Verbrechen und Profit windet sich ein Strang in die Schweiz. Zu einer ausgebrannten Wohnung, in der über Telefon und Computer Sex verkauft und von der internationalen Schieberszene Politiker als Kapitalwäscher gesucht wurden.

Ohne Vorwarnung packt mich die Angst um Doreen. Meine Handflächen werden feucht, und meine Beine beginnen zu zittern. Mein Gehirn kappt die Leitung zu meinen Ohren. Die Stimmen im andern Raum verzerren. Ich muss mich an einem Sägebock in der Nähe festhalten. Ich spüre, wie mein Bauchzentrum die Kontrolle übernimmt und mich durch die Lärmfallen des Schuppendurcheinanders ins Freie lotst. Die frische Nachtluft tut gut. Erst jetzt realisiere ich, dass es im Schuppen penetrant nach Diesel gestunken hat. Ich kann mich nicht erinnern, ob der Geruch von Anfang an in der Luft lag. Ich haste den Berg hinauf, um den Weg nicht zu verfehlen und dann nach Hydra hinunter. In meinem Kopf hämmert es gleichmässig Doreen, wo ist Doreen, ich hoffe nur, mein Gott, Doreen, wo ist Doreen...

Auf dem Schiff ist sie nicht. Obwohl mich Silvia und Philipp erartungsvoll anstarren, wie ich verschwitzt und keuchend an Deck komme und mich auf die Backskiste im Cockpit fallen lasse, will ich von ihnen nur wissen, ob sie Doreen gesehen haben. Als sie verneinen, bin ich schon wieder auf den Beinen und bereit, an Land zu springen.

Philipps Griff um meinen rechten Arm stoppt mich.

"Verdammt, was geht hier vor. Willst du uns nicht wenigstens kurz andeuten, was ihr beide in den vergangenen drei Stunden getrieben habt? Sollen Silvia und ich hier vor Langeweile Tang ansetzen? Weshalb hast du nicht über den Funk gefragt, ob Doreen an Bord sei?"

"Ich werde es euch erzählen, sobald Doreen auch an Bord ist. Sie hat den Funk. Ich dachte, es sei besser, ihn für den Notfall bei ihr zu lassen. Ich hab eine Ahnung, dass es ihr nicht gut gehen könnte. Die Nummer, die wir hier gezogen haben, ist ein bisschen gross für uns. Ich hab Angst, das ist alles."

Mitten auf der Planke drehe ich mich um.

"Macht die Beluga klar zum Auslaufen. Und sucht einen möglichst kleinen und sicheren Hafen, von dem aus wir auf dem Landweg so schnell als möglich nach Athen gelangen können. Den Rest erkläre ich euch später."

Das Haus, in das die drei verschwunden und aus dem die zwei wieder aufgetaucht sind, liegt noch immer mit geschlossenen Läden im schwachen Licht der Strassenlampe. Von Doreen ist keine Spur zu entdecken. Mein leises Pfeifsignal aus vier Tönen bleibt unbeantwortet. Ich schleiche mich der Hauswand entlang zur Türe vor, die sich über drei ausgetretenen Steinstufen von der Gasse abgrenzt. Der schwarz oxidierte Türklopfer hängt provozierend auf Höhe meiner Nasenwurzel. Ich strafe ihn mit Verachtung und drücke sorgfältig auf die Klinke. Die Türe gibt unter leisem Knarren nach. Durch den dunklen Spalt zwänge ich mich ins Innere und zwinge mich, ruhiger zu atmen.

Im Atrium des dreigeschossigen Hauses stehen mehrere grosse runde Bottiche und aufgeschnittene Blechfässer, in denen Tomatenstöcke, Gurken, Kürbisse, Zucchetti und Auberginen gepflanzt sind. Dazwischen liegen vereinzelte Granitplatten herum, mit denen der beinahe quadratische Platz wohl seit langem ausgebessert werden sollte, die sich aber aus Langeweile in der Zwischenzeit ihren Platz selber ausgesucht zu haben scheinen. Der für das Verlegen der Platten notwendige Sandhaufen ist unter der eigenen Nutzlosigkeit in sich zusammengesunken und hat sich mit Regen und Wind verschworen, um einen immer grösseren Anteil des Innenhofs versanden zu lassen. *Als würde er sich an seinen grossen Vorbildern, den Kultstätten des Altertums, orientieren.* Über mir im zweiten Stock lässt sich Wäsche vom aufkommenden Landwind knochendürr trocknen.

Drei Türen führen auf je einer der Innenhofseiten ins Gebäude. Da ich keinen Plan und noch weniger Zeit habe, entscheide ich mich für die nächstliegende. Sie ist mit einem Vorhängeschloss gesichert, das jede Bemühung um Zutritt sinnlos erscheinen lässt. Die gegenüberliegende Tür scheint von innen abgeschlossen worden zu sein und widersetzt sich ebenso erfolgreich jedem Versuch, sie aufzukriegen. Bleibt noch die dritte Türe und ein Balkon, auf den ich mit Hilfe einiger Topfpflanzen und etwas sportlichem Einsatz eigentlich gelangen müsste. Ohne allerdings die leiseste Idee zu haben, wozu das gut sein sollte.

Die dritte Tür erspart mir Klimmzüge und gequetschte Rippen. Sie öffnet sich lautlos in einen dunklen Gang, an dessen Ende eine Treppe nach oben führt. Im ersten Stock brennt eine nackte Glühbirne, in deren Schein ich drei Türen sehe, die vom schmalen Gang offenbar in angrenzende Zimmer führen. Alle drei sind geschlossen. Ich schleiche in den zweiten Stock hinauf. Die Glühbirne ist entweder kaputt oder den Sparanstrengungen der Bewohner zum Opfer gefallen. Für die Akkommodationsferien setze ich mich auf die oberste Treppenstufe. Und immer, wenn ich blind bin, höre ich besser.

Diesmal ist es ein ganz leises Wimmern, das von unregelmässigen keuchenden Atemzügen unterbrochen wird. Es schleicht aus der Dunkelheit in meinem Rücken heran und gefriert mir im Nacken.

Meine leicht vorgestreckte linke Hand findet die Türfalle, die mir Zutritt zum Mittelteil des Hauses verschaffen sollte, aus dem das Wimmern zu kommen scheint. Die Tür ist abgeschlossen. Ich kann mich nicht erinnern, ob es im ersten Stock auch eine Tür oder bloss eine Wand gibt. Da kann ich genau so gut den dritten Stock versuchen. Acht Stufen. Keine Glühbirnen. Meine Füsse finden den Weg von alleine. Mein Gehör versucht, das schwache Geräusch aus Keuchen und Wimmern nicht ganz zu verlieren. Die Tür im dritten Stock ist offen. Ich taste mich den langen Gang entlang und versuche herauszufinden, an welchem Ort das Wimmern lauter wird. *Lawinenverschüttetensuchgerätübung. His Master's Voice and Baryvox. Wozu einem eine Ausbildung als Skitourenleiter nützlich sein kann. Mit welch grandiosem Humor das Leben gesegnet ist.*

Ich habe Glück. Die erste Tür, die ich vom Gang im obersten Stock versuche, gibt nach. Das Zimmer ist ungefähr vier auf fünf Meter gross. Der Tür gegenüber eine Fenstertür, die auf einen Balkon führt. In der rechten Ecke steht ein altes Eisenbett mit einer zerschlissenen Matratze, die dem Modell einer voralpinen Hügellandschaft gleicht. Der einzige andere Gegenstand im Raum ist eine schwere Seekiste aus massivem Holz, mit Messingbeschlägen und einem halbrunden Deckel. Das Wimmern ist bei meinem Eintritt in den Raum verstummt. Dafür ist der keuchende Atem deutlich zu vernehmen. Er steigt durch die Ritzen des Riemenbodens zu mir herauf. Und ich muss bloss noch einen Stock hinunter gelangen.

Der kleine Steinbalkon vor dem Fenster böte eine grandiose Sicht über Hafenbecken und Bucht von Hydra. Irgendwie fehlt mir die innere Ruhe dazu. Das Fenster unter mir ist beleuchtet. Aber der Laden ist geschlossen. Ist mir im Moment recht. Ich muss vom obern Stock in den untern gelangen. Statt über das Treppenhaus über Meersichtbalkone. Ich schätze den Höhenunterschied auf drei- bis dreieinhalb Meter. Vielleicht berühren meine Füsse das Geländer, wenn ich mich ganz strecke. Sie berühren es nicht. Ich habe die Wahl zwischen einem Einmeter-Sprung auf den untern Balkon. Landung eventuell in Rücklage mit Aufschlag aufs Geländer. Oder Dreissig-Zentimer-Fall mit Balance-Akt auf dem Handlauf und der Möglichkeit, rückwärts ungefähr sieben Meter tief in eine mit Schrott und Schutt bedeckte enge Gasse zu stürzen.

Ich entscheide mich für den Sprung in Rücklage und versuche alles, sie zu verhindern. Was mir nicht ganz gelingt, so dass ich mit dem rechten Oberarm schmerzhaft ans Geländer knalle. In eine Ecke gekauert warte ich, dass jemand aus dem erleuchteten Zimmer nachschauen kommt, welcher Stümper sich in Fassadenkletterei versucht. Nach zehn Minuten in der Hocke oder fünf Minuten Realzeit bin ich es leid, meine Beine meinem Sicherheitsbedürfnis zu opfern, und erhebe mich. Das Blut scheint nur noch in der obern Hälfte meines

Körpers zu zirkulieren. Was ich durch den nur halb geschlossenen Fensterladen sehe, gefährdet auch noch die andere Hälfte meiner Blutzirkulation.

Doreen sitzt mit dem Rücken zu mir auf einem Eisenstuhl. Ihre Hände sind mit einem Ledergurt hinter ihrem Rücken zusammengebunden. Oberarme und Fesseln mit Stricken an den Stuhl gefesselt. Dem Knoten in ihrem Nacken nach zu schliessen, hat man ihr einen Knebel in den Mund gestossen. Sie trägt nur noch ihren Slip und ihr T-Shirt. Auf einem ihrer Oberschenkel sitzt die Frau aus Kaloumenas' Yacht. Sie ist bis auf einen aufreizend kleinen Ledertanga nackt. Und wirklich so gut gebaut, wie Philipp behauptet hat. Mit der einen Hand streichelt sie Doreens Busen und fährt ihr immer wieder zwischen die zwingend gespreizten Beine. Mit der andern bearbeitet sie, offenbar nicht das erste Mal, eine griechische Manneszierde, die ihren Vorbildern auf Delos nicht viel nachsteht.

Mir wird klar, weshalb mein Lärm auf dem Balkon nicht mehr Beachtung fand. Wenigstens bei diesem Spiel konzentriert sich die Menschheit noch voll und ganz. Ich spüre, wie mein Blut in Wallung kommt. Aus Erregung und Zorn. Die Wut gewinnt die Oberhand. Alle Geilheit verschwindet in einem schwarzen Loch in meinem Bauch. Meine Körpertemperatur fällt unter den Gefrierpunkt und lässt meinen Kopf kühl und klar werden.

Die Laden sind nur zugezogen. Die Balkontür angelehnt. Aber sie sind zu zweit. Und sehen beide durchtrainiert aus. Ich schlage mit der Faust aufs Geländer. Die Vibration lässt das alte Haus dumpf erzittern. Die Reiterin gibt den Zügel aus der Hand und schickt ihren Hengst mit einer Kopfbewegung in meine Richtung. Ich habe keine Waffe, aber er hat keine Hosen. Das ist sein Nachteil. Als ich aus dem Schatten der Mauer vor ihn trete und seine zwölf Zentimeter mit der linken Hand packe, schaut er mich nur erstaunt aus grossen Augen an. Der Schlag mit der Handkante auf seine Peniswurzel lässt ihn mit dem gleichen Erstaunen auf dem Gesicht und ohne einen Laut fast malerisch zu meinen Füssen niedersinken. Mit einem Sprung bin ich im Zimmer.

Und dann weiss ich, dass sie die Hosen anhat. Sie springt mich wie ein Tiger an und zieht noch im Sprung das Knie an. So dankbar bin ich meinen zehn Jahren Aikido-Training schon lange nicht mehr gewesen. Die instinktive Körperdrehung verhindert, dass sie mir ihre Kniescheibe in den Solarplexus rammt. Den Schmerz unter der rechten Rippe nehme ich nur noch wie aus grosser Entfernung wahr. Sie ist wieder da. Die Frucht so vieler mühseliger Stunden auf den harten Matten mit dem schweissnassen Kimono, der am Rücken klebte. Ich schaue uns zu, wie sich unsere Körper wie in einem erotischen Tanz begegnen. Mein rechter Arm führt die Drehung meines Körpers weiter und lenkt ihr angezogenes linkes Bein in einem sanften Bogen aus meiner Sphäre hinaus, bevor er, unendlich langsam, wie mir scheint, nach oben gleitet. Ihre Augen folgen meiner Hand, die über das Zimmer hinaus auf den Himmel zeigt, und als sich die Bewegung umkehrt und mein Ellbogen wie ein zurückkehrender Bumerang sie unterhalb ihrer linken Brust trifft, dreht sie sich verwundert nach mir um, bevor sie auf die Knie fällt und zusammenbricht. Im gleichen Moment verlässt mich meine Ruhe und kalter Schweiss bricht mir aus allen Poren.

Ich reisse an Doreens Fesseln und zerre sie, den Stuhl umwerfend, aus dem Zimmer. Einen Moment bin ich unschlüssig, ob wir uns im schwach erleuchteten Gang nach rechts oder links wenden sollen. Aber Doreen zerrt mich so bestimmt nach rechts, dass ich ihr ohne Widerstand folge. Die Tür, die mich zu meinem Balkonakt gezwungen hat, ist von innen verriegelt und bietet von dieser Seite keinen Widerstand. In wenigen Minuten sind wir im Atrium und in der dunklen Gasse, in der ich Doreen zurückgelassen hatte.

Die Beluga lief mit sieben Knoten und einem Reff am Wind Richtung Piräus. Ich wusste, dass wir sie zu sehr gereizt hatten, als dass sie uns in Ruhe lassen würden. Ich schätzte den Vorsprung auf zehn bis zwölf Seemeilen. Aber die Semiramis lief bei diesem Wind bestimmt zehn bis zwölf Knoten. Unter Maschine vielleicht sogar mehr. Also würden sie uns in zweieinhalb bis drei Stunden eingeholt haben. Ungefähr an der Osthuk des Peloponnes. Ich wollte mir nicht ausmalen, was geschah, wenn sie uns zu fassen kriegten.

Unterdessen galt meine ganze Aufmerksamkeit dem Schiff. Am Wind zu steuern ist wie ein Ritt auf hohem Grat. Auf beiden Seiten lauert der Abgrund. Etwas zu hoch geluvt, und die Lady wird kurzatmig und verliert den Schwung. Zu weit abfallen, und das Schiff verkrampft sich mit mehr Krängung und verliert Geschwindigkeit. Dabei macht es weniger Luvweg und verlängert das Leiden für sich und seine Crew.

Steuern am Wind hat mit Wissen nur ganz am Anfang etwas zu tun. Dann muss das Gefühl in den Bauch hinunterrutschen und sich wohlig ausbreiten und seinen Platz einnehmen. Um sich mit jedem neuen Schlag zu verfeinern und erotischer zu werden. Wer ein Schiff auf der Kreuz nicht wie eine Geliebte auf den Punkt der Erfüllung zusteuert und mit ihr das erotische Spiel des Hinhaltens und Anstachelns spielt, ist in der Schule des Segelns noch ein Anfänger. Wer eine Yacht aber zart wie eine Geliebte führt, sich von ihr über die Wellen tragen lässt, wie ein Paar im gekonnten Liebesspiel führen und geführt werden aufgibt und dem wogenden Meer seiner Leidenschaft überlässt, ohne das Ziel aus den Augen zu verlieren, das für beide Erfüllung und Genuss bereithält – wer ein Schiff so zu steuern versteht, dem wird Segeln zur Leidenschaft und Verheissung.

Mit dem Wind aus Südost werden wir nach der Rundung von Cap Skyllaion den Spinnaker setzen können. Raum oder vorwind auf Piräus ablaufen zu können, soll mir recht sein. Die leichtere Beluga dürfte schneller ins Gleiten kommen als die hundertfünfzig Tonnen der Semiramis. Vielleicht hatten sie auch keinen Spi dabei.

Die Angst der Griechen, die Angst aller Mediterranäer vor dem Spinnaker. Das Segel ohne eineindeutige Zuweisung der Lieken. Das frei schwebt, statt sich an Stag oder Mast und Baum festzuklammern. Der Künstler unter den Segeln, ihr Clown und Hofnarr. Das eifersüchtigste Segel aus der Garderobe der Tücher. Die verwöhnte Geliebte. Wer sich ihm stellt, wird mir fantastischer Geschwindigkeit belohnt und riskiert Mastbruch oder zumindest einen Riss im Tuch, wenn er ihm nicht genügend Aufmerksamkeit schenkt. Die Nordländer können ohne sie nicht mehr sein, diese schillernde Blase, bei der Erfolg und Misserfolg von einer Winddrehung, einer kleinen Unaufmerksamkeit am Ruder abhangen. Für die Söhne und Töchter der Argonauten ist der Spinnaker noch immer Äolus' Spielzeug, dem sie nicht so recht über den Weg trauen.

Cap Skyllaion liegt noch keine drei Meilen hinter uns, als die Semiramis auftaucht. In einer halben Stunde wird über

Cap Suneon die Sonne aufgehen. *Von hier aus ist er nicht zu sehen, aber wer den Poseidontempel einmal bei Sonnenaufgang erlebt hat – allein, ohne die Hunderte von Touristen, die ihn tagsüber bevölkern und entweihen, weil ihnen die Ruhe abhanden gekommen ist – wer dieses Fragment der Sehnsucht nach Licht einmal erlebt hat, wird es nie mehr vergessen.*

Es ist schwierig, bei einer von achtern aufkommenden Yacht die Geschwindigkeit zu schätzen. Nur mein kleiner Yachtradar lässt mich erraten, dass der Geschwindigkeitsunterschied abgenommen hat, seit wir raum mit gegen elf Knoten unter Spinnaker bei rund fünf Windstärken surfen. Die Semiramis scheint keinen Ballon zu fahren. Entweder haben sie keinen oder es weht ihnen bereits zu stark.

Ich halte den scheinbaren Wind zwischen hundertfünfzig und hundertsiebzig Grad. Bei diesem Kurs ziehen ihre Vorsegel nicht mehr optimal, und einen Butterfly wie platt vor dem Wind können sie auch nicht segeln. Das sollte uns noch ein paar Stunden Gnadenfrist schenken.

Mein Hirn arbeitet fieberhaft an einem Plan, wie wir sie abhängen und ungeschoren nach Athen gelangen können. Was mir Doreen in wenigen Sätzen aus ihrer Gefangenschaft erzählt hat und was ich selber in der Hütte am Berg oben erlauscht habe, macht eine neue Besprechung mit Pietro notwendig. Irgend etwas an der ganzen Geschichte ist so faul, dass es mehr als stinkt. Es zerfrisst einem geradezu das Gehirn.

Ich wusste, dass es keinen Sinn hatte, mich an die griechischen Behörden zu wenden. Abgesehen von Doreens Freiheitsberaubung hatten bisher höchstens wir uns strafbar gemacht. Und ihre Gefangennahme war schwierig zu beweisen. Auf Griechisch und gegen die Aussage von Griechen. Dazu einem Griechen wie Stephanos Kaloumenas, der, seiner Yacht nach zu schliessen, einigen Einfluss auf die Ströme der Macht zu haben schien. Dieser Kurs war mir zu gefährlich und – selbst wenn er zum Ziel geführt hätte – zu langwierig.

"Hast Du eine Idee, wie wir ihnen entwischen können?" Philipps Frage schreckt mich aus meinen Gedanken. "Und soll ich dich mal ablösen."

"Ich bin froh, wenn du dich bereithältst. Aber solange es eher noch aufzufrischen scheint, steure ich unsere Beauty ganz gern selber. Wir können uns im Moment ganz einfach keinen zerrissenen oder vertörnten Spi leisten. Und schon gar keine Patenthalse. Aber gegen ein Bier hätte ich nichts einzuwenden."

Philipps heller Schopf verschwindet im Niedergang. Wie zum Kuckuck konnte ich die Semiramis loswerden? Nach allem, was ich im Schuppen gehört und einem Teil der Crew der Semiramis angetan habe, rechne ich nicht mit einer zuvorkommenden Behandlung, sollten wir an Bord des Schoners gebeten werden. Im Geist versuche ich, mir die Seekarte unseres Fahrtengebiets vorzustellen. Gibt es denn nirgends eine Untiefe, auf die ich die Semiramis locken kann? Ich wünschte, wir wären in der Ostsee. Fallen zuhauf gibt's dort oben. Herrlichen Schlick und Sand, in die man eine Yacht rammen kann. Und Barren, hinter denen man Schutz suchen oder zumindest einen kleinen Vorsprung heraussegeln kann. Nicht hier, wo alles so unanständig tief ist. Die einzige unreine Stelle mit ein paar Unterwasserfelsen haben wir in der Durchfahrt am Cap Skyllaion hinter uns gelassen. Wovor ich immer einen Heidenrespekt gehabt habe, wäre mir jetzt willkommen. Schale Wassertiefen, in die mir die Semiramis nicht folgen kann.

Man soll Pläne, die keinen Aussicht auf Erfolg haben, nicht zu lange mit sich herumtragen. Sie lähmen. Es sei denn, man habe die Weisheit, sie in die Gebetskammer zu legen und sich wieder den Tagesgeschäften zuzuwenden. Die ruhigen Stunden gehören dann dem Unwahrscheinlichen und Unmöglichen. Beten als Utopieförderung. Als Selbstverwirklichung jenseits einengender Realität und persönlichen Ungenügens. Aber wer versteht denn heute noch etwas vom Beten?

Steuerbord voraus glaube ich eine der grossen Fähren auszumachen, die Athen mit den Inseln des griechischen Archipelagos verbinden. *Nachts hat Piräus das ganze Jahr Weihnachten. Ich erinnere mich an meinen ersten Törn im sardonischen Golf. Wir wollten die Seestrasse, die vom Kanal von Korinth und Piräus ins ägäische Meer führt, mit unserer Ketch queren. Ich hatte Wache, und machte mir beinahe in die Hosen, weil Lichterbaum um Lichterbaum in unglaublicher Geschwindigkeit vor unserem Bug hindurchdonnerte. Ich hatte keine Erfahrung im Abschätzen von Distanzen und mit stehender und auslaufender Peilung. Und fuhr mehr als ein Panikmanöver, weil ich sicher war, wir würden vom drohend schwarz aufragenden Bug zermalmt werden. Was uns meiner unkontrollierten Wenden wegen auch beinahe passierte.*

Und dann fasse ich einen Entschluss, wie ich versuchen werde, der Semiramis zu entkommen.

"Philipp, kannst du mich mal am Ruder ablösen. Ich will einen Blick in die Karte werfen."

Poros, auf der gleichnamigen Halbinsel auf der Nordostseite des Peloponnes gelegen, gewinnt einen Teil seines Charmes aus der Lage am kegelförmigen Hügel, den das Städtchen vom Meer bis zur kleinen Kirche mit ihrem Glockenturm beinahe rundherum hinaufklettert. Wenn man nachts von Südosten her kommend in Poros einläuft, begrüssen den Segler nach dem etwas verwirrenden Sektorfeuer des kleinen Leuchtturms eine magere Strassenbeleuchtung entlang des Quais und einzelne beleuchtete Vierecke der noch spärlich am Hang verstreuten Häuser. Je weiter die Yacht jedoch den meist in drei oder vier Reihen längs liegenden Charteryachten entlang in die Bucht von Poros hineingleitet, desto zahlreicher werden die beleuchteten Wohnhäuser, deren Spitze der hell angestrahlte Kirchturm bildet. Wie ein mit tausend Kerzen strahlender Weihnachtsbaum blinkt und funkelt Poros zur Yacht hinüber, die in der weitläufigen Bucht vor Anker geht oder die, von Norden kommend, am langen Quai dieses Kleinods unter den griechischen Städtchen, anlegt.

Die südöstliche Einfahrt ist vor allem nachts nicht ganz einfach anzulaufen, da ihr vorgelagert ein paar unbefeuerte Inselchen und Felsbrocken auf der direkten Kurslinie von Cap Skyllaion nach Poros liegen, denen der Navigator besser in genügendem Abstand nach Norden ausweicht, bevor er oder sie auf die schmale Einfahrt zuhält. Aber auch wenn man sich nach Passieren des Leuchtfeuers in Sicherheit wähnt, kann einem eine grosse flache Stelle im Fahrwasser, das Poros vom moderneren, aber gesichtsloseren Galatas trennt, zum Verhängnis werden. Nicht ausgetonnt oder sonstwie markiert, eignet sich die schlickige Untiefe vorzüglich als Ankergrund für Yachten ohne grossen Tiefgang. Wer ihr jedoch mit tiefem Kiel zu nahe kommt, den saugt sie fest und lässt ihn so schnell nicht wieder los. Zusammen mit den beiden Ansteuerungsmöglichkeiten – je eine von Südosten und Norden – sollte mir diese Untiefe helfen, die Semiramis wenigstens solange loszuwerden, bis wir uns aus dem Staub gemacht hatten. Ich hatte meine Crew auf der Fahrt hierher genau informiert und konnte jetzt nur noch hoffen, dass die Manöver wie geschmiert klappen würden.

"Silvia, du bedienst jetzt die Spischot und dann das Fall, Philipp nimmt den Achterholer, Topnant etc. und Doreen macht das Vorschiff. Es muss auf Anhieb klappen. Eine andere Chance erhalten wir nicht. Die Semiramis ist zu schnell. Wenn wir es nicht schaffen, können wir gleich bei Kaloumenas anheuern. Und das ist garantiert eine verdammt heisse Heuer."

Die Semiramis liegt noch knappe sechs Kabellängen hinter uns. Schon seit einiger Zeit spüre ich, wie sie mit ihren drei- oder vierhundert Quadratmetern die Beluga in die Abdeckung nimmt, sobald sie genau in unserem Luv liegt. Ich fahre deshalb einen Wellenkurs, was Silvia und Philipp an den Winschen ins Schwitzen bringt. Und danke Gott, dass der Skipper und Rudergänger auf der Semiramis offenbar nicht allzu viel Regatta-Erfahrung haben.

Das Feuer des Leuchtturms verblasst vor dem gold gleissenden Licht des ägäischen Morgens. Ich halte mich an den rechten Rand des Fahrwassers, wie es der Gepflogenheit entspricht. Die Semiramis soll möglichst keinen Verdacht schöpfen. Weil wir unter Spinnaker einlaufen, wähnen sie uns vielleicht schon in der Falle. Wenden können wir im engen Fahrwasser kaum, und bis wir die Bucht von Poros durch die Nordeinfahrt verlassen haben, haben sie uns eingeholt.

Wie als Bestätigung meiner Theorie sehe ich nach einem raschen Blick zurück, dass sie die Tücher der Semiramis bergen. Der Wind steht noch immer mit sechzehn bis zwanzig Knoten in die Einfahrt. Ich muss das Manöver fahren, bevor wir die Post querab haben, damit der Wind die Semiramis auf die Untiefe drückt. Uns allerdings auch, wenn es nicht klappt.

In der Enge der Einfahrt kommt uns die Wendigkeit der Beluga gegenüber der Semiramis zugut. Auf dem Schoner haben sie die Tücher gestrichen, weil es ihnen zu eng geworden ist. Leute, die wirklich segeln können, sind auch heute rar. Rarer wahrscheinlich als zur Zeit der grossen Windjammer. Dabei gibt es nichts Majestätischeres als eine

Yacht, die ihre Manöver im Hafen unter Segel fährt – ruhig,
überlegt, souverän. Und wer als Kapitan sein Metier be-
herrscht, kann sein Schiff unter Segel genau so präzise
steuern wie unter Maschine, wenn nicht sogar präziser. Und
wenn eine Yacht festsitzt, kann man sie unter Segel mehr
krängen lassen und bringt sie so oft wieder frei. Ohne Segel
ist die Prozedur um einiges aufwendiger und dauert länger.
Mir soll es recht sein.

Erleichtert stelle ich fest, dass so früh am Morgen wenigstens noch fast keine Yachten auslaufen. In Poros kann es eng
werden, wenn die Freizeitskipper zum Sturm auf die griechischen Inseln blasen.

"Klar an Schoten und Fallen. Und haltet euch um Gottes
Willen fest." Meine Stimme ist leise geworden, wie immer,
wenn ich vor Spannung innerlich vibriere.

"Klar – klar – klar." Jetzt muss ich mich auf die drei verlassen können. Und sie sich auf mich.

"Genua eins ausrollen und dichtnehmen. Fier den Achterholer und gib mir die Schot in die Hand. Silvia, Spischot
etwas dichtnehmen. Spi runter wenn ich's sage. Philipp aufs
Vordeck."

Der auf dem Spikurs nur noch schwach spürbare Wind
schlägt knallend in die Tücher, als die Beluga dem harten
Ruderdruck gehorcht und ungestüm nach Backbord anluvt.
Weil Spischot und Achterholer noch immer belegt sind,
verfangen sich die fünf Beaufort im Spituch mit einem Knall,
der über die ganze Bucht rollt. Die Beluga legt sich aufs Ohr
und schiesst in den Wind. Ich bete zu Gott, dass Mast, Stage
und Wanten der enormen Belastung standhalten. Den Spinnaker hab ich bereits abgeschrieben.

Ich lass den Achterholer fahren und brülle: "Spi runter!"

Was ich von meinen Leuten verlange, ist fast unmenschlich. Doreen hat es durch die gewaltige Krängung, während
der Wasser über den Steuerbordsüllrand ins Cockpit floss, in
die Genua geschleudert. Philipp klammert sich mit aller Kraft
an den Wanten fest, nachdem ihm das überkommende Wasser
die Füsse unter dem Körper weggerissen hat. Aber ich kann
keine Rücksicht nehmen. Backbord voraus nähert sich unter
Maschine die Semiramis. Sie wollen uns rammen, wenn sie
können. Und später sagen, sie hätten unseren Sonnenschuss
unter Spinnaker nicht voraussehen können. Und was für ein

Spinner bei diesem Wind und auf der Einfahrt nach Poros seinen Spi setze. Und ihn dann doch nicht beherrsche. Und natürlich hätten sie sogleich Hilfe geleistet und uns aufzufischen versucht. Aber leider sei einer beim Bergen in die Schraube geraten und jemanden andern habe der Bug der Semiramis zerquetscht, als sich die beiden Schiffe ineinander verkeilten. Man bedaure zutiefst etc. Ich höre, wie sie Schub auf die Schrauben geben.

Deshalb liebe ich das Schachspiel. Wer tiefer rechnet, wer tiefer sieht, wird gewinnen. Der erste Zug, den der Gegner nicht gesehen hat – nach all den Variantenbäumen, die er durchrechnen musste – ein kleiner, stiller Zug entscheidet. c6-c7 genügt. Und plötzlich ist die Stellung, die soeben noch ausgeglichen schien, aus dem Lot geraten. Verloren. Zusammengebrochen. Sie sind zu gierig auf der Semiramis. Und Gier macht blind.

"Nehmt den Spi weg. Schneller. Und nehmt den verfluchten Spibaum weg, bevor er jemanden erschlägt."

Der Krängungsdruck nimmt ab und die Beluga richtet sich auf. Wenn die Untiefe da ist, wo ich sie herbeisehne, haben wir sie flach auf dem Wasser liegend überquert. Mit nicht mehr als sechzig bis achtzig Zentimetern Tiefgang. Noch einen kurzen Schlag auf diesem Bug, dann muss ich wenden, um den Flachs auf der Galatas-Seite nicht zu nahe zu kommen. Jetzt ist jeder Zweifel ausgeschlossen. Die Semiramis nimmt uns aufs Korn. Ihr vier Meter hoher Bug schäumt mittschiffs auf uns zu. Wir sind schnell, aber nicht schnell genug. Sie werden uns das Heck abrasieren.

Da grollt Poseidon und stösst seinen Dreizack durch den Meeresboden in den Rumpf des Schoners.

"Ihr müsst mir der Reihe nach erzählen, was in Griechenland passiert ist. Blinde brauchen Ordnung im Kopf. Nur ihr Sehenden könnt mit eurem furchtbaren Durcheinander leben."

Pietros Abendessen war wie immer formidabel gewesen. Eine einfache Polenta und osso buco, insalata verde und ein Tropfen aus dem Weinberg eines Freundes in der Toscana. Nichts hochtrabend Spezielles. Keine Exklusivitäten für den verwöhnten Gaumen. Und doch ein Fest für die Sinne. Pieros Worte kamen mir in den Sinn, als ich ihm in der Küche voller Bewunderung beim Zubereiten der Speisen über die

Schulter geschaut hatte. *Die Zutaten müssen stimmen. Einfach, reell, sauber, gepflegt. Mit Verständnis und Liebe der Erde entnommen: Korn, Mais, Milch, Oliven, Salat, Traube. In Harmonie und Ruhe verarbeitet: Käse, Butter, Brot, Öl, Wein. Und dann kommen jene hingehauchten Farbtupfer der Kräuter, die den Meister der Kochkunst verraten. Der Essig, der noch ein bisschen länger und sorgfältiger gelagert worden ist. Die Kerzen auf dem in einem Farbton gedeckten Tisch, die Räume der Erinnerung aufschliessen mit ihrem Licht der untergehenden Sonne. Die Stimme des cantautore, der vom Schmerz und der unbeantworteten Liebe singt und der Zerbrechlichkeit des Lebens soviel Reiz und Schönheit abschmeichelt.*

Pietro ist ein Künstler. Ich habe es seit jener ersten Begegnung vor knapp drei Monaten geahnt. Heute beim Essen ist es zur Gewissheit geworden. Ein Künstler jener raren Art, deren Kunst von Können kommt: *Loslassen. geschehenlassen, zulassen können. Um dann mit der Geste des Schmetterlingsflügels das drohende Chaos in kosmische Harmonie zu wenden. Schöpferisches Tun, das in der Schöpfung ruht. Kreativität, die an ihren Ursprung glaubt.* Selten geworden in einer Zeit der Künstlergötzen.

Doreen erzählt ihre Befreiung und ist voll des Lobes über mich.

"Wie 007 in seinen besten Tagen. Ich vergesse den erstaunten Ausdruck im Gesicht des Kerls nicht mehr, der mich gefangen gehalten hat, als du ihn auf dem Balkon zwischen den Beinen begrüsstest. Der hat die Welt nicht mehr verstanden."

"Der hatte damit schon vor unserer Begegnung Mühe. Aber eigentlich sollte Pietro noch erfahren, wie wir der Semiramis entkommen sind, denn das andere hat er bereits in vier verschiedenen Versionen vorgesetzt bekommen. Wahrscheinlich ist es besser, wenn er es selber ordnet, weil wir als Erzähler ziemlich ungeeignet sind."

Silvia wischt sich den Mund und lehnt zurück.

"Das war Spitze, wie wir denen schliesslich entwischt sind. Nach dem unheimlichen Dröhnen, als die Semiramis bei Poros auf Grund lief, war ich einen Moment lang wie benommen. Der schwarze Bug, der nur ein paar Meter vor uns aufragte, nahm mir den Atem, die Gedanken und alle Kraft.

Aber Sämi liess uns keine Zeit zum Zittern. Sobald wir um die Osthuk der Halbinsel herum waren, liess er wieder den Spi setzen und lief die Nordeinfahrt an. Wir nahmen die Tücher herunter und pirschten uns unter Maschine an das Städtchen heran.

Jemand wie Stephanos Kaloumenas bleibt nicht lange auf Grund sitzen, solange ihm das Schiff nicht unter dem Hintern auseinanderfällt. Sämi hatte recht gehabt. Wir hatten den Nordwestkai noch nicht erreicht, als die Semiramis, von zwei Fähren frei geschleppt, bereits wieder flott war und unter voller Kraft die südliche Einfahrt verliess, um nach Athen zu dampfen. Hätten wir die gleiche Route genommen, wäre uns eine Begegnung mit Kaloumenas sicher gewesen. So aber brachte uns ein Tragflügler schneller nach Athen, als es die Semiramis schaffte, und auf zwei Flügen fanden wir genug leere Plätze, um noch am gleichen Abend, beziehungsweise früh am nächsten Morgen in die Schweiz zurückzufliegen. Wobei ich bis heute nicht eingesehen habe, weshalb Sämi und Doreen Athen by night geniessen durften, während Philipp und ich bereits am Abend zurück mussten."

"Weil Doreen und ich älter sind und man früh morgens besser durch die Gesichtskontrolle kommt. Die wenigsten Leute sind morgens so wach, wie sie selber glauben."

"Und überdies hatten wir uns nach all der Aufregung einen schönen Abend auf dem Lykabetos verdient." Doreen lächelt mir über den Tisch zu, und alle wissen, dass der Abend auf dem Hausberg von Athen auch schön endete.

"Die Frage ist, wie wir jetzt weiterkommen." Pietro erinnert uns daran, dass unser Ausflug in die Ägäis nicht umsonst gewesen ist, dass wir jedoch von der Lösung des Rätsels um Sibyls Verschwinden noch meilenweit entfernt sind.

"Fassen wir zusammen, was wir haben: Sibyl, eine attraktive Anwältin, dreiunddreissigjährig, betreibt unter ihrem Pseudonym "Julia" einen florierenden Telefonsex-Service für gehobene Ansprüche. Sie baut diesen Service während beinahe drei Jahren aus, zuletzt mit Hilfe Sämis, alias Romeo, den sie als Partner ins Geschäft nimmt. Steigende Umsatzzahlen, gute Gewinne. Da verschwindet Sibyl. Spurlos. Ohne eine Nachricht, einen Fingerzeig zu hinterlassen.

"Sämi traut der Sache nicht. Er befürchtet eine Entführung. Eine Erpressung. Sichert sich Kopien der stets minutiös aufgezeichneten Telefongespräche, die als Rückendeckung bei den zarten Erpressungsversuchen dienten, mit denen die zahlungskräftigen Kunden an den Phone Service gebunden wurden. Und die Rechnung ging auf: Die meisten zogen gehobenen Telefonsex zu gesalzenen Preisen gezielt gestreuten Indiskretionen unter ihren Geschäftsfreunden, der Familie oder Öffentlichkeit gegenüber vor. Bis zu jenem 28. Juli, da Sämi vergebens auf Sibyl wartet, mit der er auf neunzehn Uhr in ihrer Wohnung abgemacht hat. Er kommt allerdings erst gegen dreiundzwanzig Uhr dort an, weil er Doreen zum Nachtessen ausgeführt hat. Sibyl meldet sich nicht und bleibt verschwunden. Als er am nächsten Tag mit Monica zu Sibyls Wohnung fährt, ist diese durch einen Brand übel zugerichtet. Alle Geräte und die Aufzeichnungen sind dem Feuer zum Opfer gefallen. Die Polizei tippt später auf einen gezielt gelegten Brand. Die Untersuchungen sind jedoch nach unserem Wissen bis heute nicht abgeschlossen. Konkrete Hinweise auf die Täter fehlen. Anklage wurde nicht erhoben. Die zerstörten Aufzeichnungen und die technische Einrichtung waren mit rund anderthalb Millionen Franken versichert.

"Sämi glaubt an ein Verbrechen. Er bespricht sich mit Monica, die ihm meine Adresse nennt. Wir hören uns die Aufnahmen der letzten drei Monate minutiös an. Und stossen auf ein Gespräch, das aus dem Rathaus in Zürich geführt worden sein muss. Der Mann scheint nicht zum ersten Mal anzurufen und Sibyl gut zu kennen. Nach Stimmenvergleichen wissen wir, wer es ist. Doreen wird auf ihn angesetzt. Und findet heraus, dass er einen beträchtlichen Teil seines nicht unbeträchtlichen Vermögens mit Waffengeschäften und ausländischen Immobilien macht. Vor allem in (Immobilien) und über Griechenland (Waffen). Seit dem Krieg in Jugoslawien explodiert das Geschäft. Er muss in den letzten zwei Jahren Unsummen verdient haben. Sein Partner im Dreckgeschäft ist ein gewisser Stephanos Kaloumenas, Geschäftsmann, Politiker, Playboy und Reeder einer Vergnügungsflotte mittlerer bis grosser Charteryachten. Deshalb habt ihr euch an seine Goldferse geheftet und seid von ihm beinahe in Grund und Boden gerammt worden. Und was Sämi in der Hütte auf dem Berg erlauscht und Doreen während den unangenehmen Stunden ihrer Gefangenschaft dem Gespräch der beiden Wachhunde entnehmen konnte, betreibt unser sauberer griechischer Knabe auch noch einen lukrativen Drogen- und Mädchenhandel."

"Weshalb hast du überhaupt verstanden, was die beiden miteinander sprachen. Von Griechisch hast du nichts gesagt, als du das Dutzend Sprachen aufzähltest, das du sprichst."

"Übertreib nicht, Sämi. Ich spreche sieben Sprachen und weiss ein paar Worte auf Griechisch. Und weil ich ihnen auf ihre Fragen mit meinen paar Brocken Griechisch geantwortet habe und offenbar mein Akzent nicht allzu schlecht ist, haben sie wohl angenommen, ich verstünde die Sprache. Und deshalb für ihre privaten Bemerkungen auf Rumänisch gewechselt, was mir mehr als recht war. Schliesslich hiess ich für die beiden auch nicht Kaschenko, sondern Stadler. Ich höre nun mal gerne Leuten zu, die Geheimnisse vor mir haben."

"Du bist ganz schön durchtrieben – und leider siehst du auch noch gut aus. Man hat's wirklich nicht leicht mit dir."

"Du meinst wohl "Mann", mit zwei N."

"Gibt es etwas Herzerfrischenderes als die Kratzbürstigkeit zweier Verliebter? Hier stimme ich mit dem guten William nicht überein: Das ist nicht viel Lärm um nichts, sondern herrliche Musik auf der Harfe Amors. – Auf die Liebe!" Pietro erhebt sein Glas und wir fallen lachend, schmunzelnd und errötend in den Toast mit ein.

"Aber zurück zu unserem Fall, vor dessen Lösung wir noch beinahe gleich weit entfernt sind wie zu Beginn unserer Bemühungen. Wo steckt Sibyl? Ist sie noch am Leben? Und was steckt hinter der Tat? Weshalb haben die Täter Sämi nicht aufgelauert? Wussten sie nicht um eure Partnerschaft? Wurde ihnen die Zeit zu lang? Ist Sämi noch in Gefahr? – Nichts als Fragen ohne Antworten."

"Ich finde, wir sollten es mit unserem Parlamentarier versuchen. Philipp und ich könnten ein bisschen in seinem Privat- und Geschäftsleben herumschnüffeln. Und seit wir jetzt wissen, dass Kaloumenas sein Geld vor allem mit Drogen-, Mädchen- und Waffenhandel verdient, müsste man diesen schillernden Vogel auch noch etwas genauer unter die Lupe nehmen." Silvia ist voller Tatendrang.

"Und wer bezahlt die Gefahrenzulage? Du hast selber erlebt, dass die Leute um Kaloumenas ohne Zögern über Leichen gehen." So ist es immer bei mir: Der Schrecken fährt mir erst im nachhinein in die Knochen.

Doreen schenkt mir ihr bezauberndes Lächeln: "Ich würde dich begleiten und beschützen."

"Du meinst wohl "erheitern und bezirzen"." Pietro lehnt sich amüsiert zurück. "Silvias Vorschlag scheint mir nicht schlecht. Locher und Kaloumenas sind bisher unsere einzige Verbindung zu Sibyl, und einen besseren Vorschlag scheint niemand unter uns zu haben. Ich schlage vor, wir treffen uns in zehn Tagen wieder hier und sehen, ob wir weiter gekommen sind."

Was die drei Frauen auf der Bühne der versammelten Männerschar boten, war unglaublich. Begonnen hatte es damit, dass zwei in schwarzrote Capes gehüllte maskierte Gestalten auf die nur schwach erleuchtete Bühne getreten waren, auf der sich ausser zwei Chromstahl-Leder-Liegen nichts befand. Die beiden verhüllten Gestalten hatten sich auf die beiden Liegen gelegt, Kopf zum Publikum. Dann war das Licht erloschen. Als ein einzelner Spot aufflammte, folgte er der schlanken, makellosen Gestalt einer jungen blonden Frau, die ein eng anliegendes, ärmelloses weisses Kleid trug, das ihren grazilen Hals umschloss und bis auf den Boden reichte. Die blonde Mähne fiel ihr in vollen Locken über Nacken und Schultern, und ihr geschmeidiger Gang liess die Spannkraft ihres jugendlichen Körpers ahnen.

Die junge Frau trat zwischen den beiden Liegen an den Rand der Bühne, verneigte sich zum Publikum und wandte ihm darauf den Rücken zu. Mit einem nur leicht angetönten, und deshalb in seiner Perfektion um so aufreizenderen Wiegen in den Hüften schritt sie zur rechten Liege und löste die Kapuze und Maske vom Kopf und Gesicht der dort liegenden Gestalt. Eine Fülle tizianroten Haares ergoss sich über die gebräunten Arme der Blonden, und eine fein geschnittene Nase und ein sinnlicher, leicht geöffneter Mund über zwei funkelnden Augen kamen zum Vorschein.

Der Blondschopf wandte sich der linken Liege zu und befreite auch dieses Gesicht von Kapuze und Maske. Unter der Verhüllung kamen schwarze Locken zum Vorschein, die im Licht des Scheinwerfers wie das Gefieder eines Raben schimmerten. Dann trat die Frau in die Mitte der Bühne und liess sich von einer der beiden Frauen auf den Liegen einen Dolch reichen, dessen scharfe Klinge sie zum Mund führte und küsste. In lasziv langsamer Bewegung setzte sie darauf die Spitze des Dolches in Höhe ihrer Scham auf ihr weisses Kleid und zog die scharfe Klinge in geschmeidiger Bewegung bis zum Boden hinunter. Durch die Menge der gebannt zusehenden Männer ging ein Raunen. Der Stahl zerschnitt den Stoff mit einem leisen Zischen, das Kleid öffnete sich leicht und liess zwei wunderschöne schlanke und unglaublich lange Beine sehen. Der Schnitt selber musste ganz gekonnt gleich unterhalb ihres Unterleibes angesetzt worden sein und den Stoff durchtrennt haben, ohne ihre makellos gebräunte Haut auch nur zu ritzen. Mit dem Dolch zwischen den Zähnen begann die blonde Schönheit einen erotischen Tanz mit langsamen Bewegungen, die sie selbst zu erregen schienen. Die beiden Frauen auf den Chromstahlliegen verfolgten jede Bewegung ihrer Kollegin mit den Augen. In der kurzen Spanne der Dunkelheit, nachdem sie sich im Dämmerlicht auf die Liegen gelegt und bis die blonden Locken im Scheinwerferlicht aufgeleuchtet hatten, musste sie jemand an Armen und Beinen an ihre Liegen gefesselt haben.

Die Blonde tanzte selbstvergessen und schnitt immer wieder ein Stück ihres Kleides auf, so dass sich mehr und mehr ihres herrlichen Körpers ahnen und doch noch kaum etwas wirklich sehen liess. Die ersten Zuschauer begannen tiefer ein- und auszuatmen.

Plötzlich glitt die Tanzende in weichen Bewegungen zur einen Liege hinüber, drehte dem Publikum den Rücken zu, der aus einigen Löchern und Schlitzen im malträtierten Kleid hervorschimmerte, und stellte sich über das Gesicht der Rothaarigen, die mit ihrem Mund und ihrer Zunge gerade in der richtigen Höhe liegen musste, um ihrer Kollegin französische Wonnen verschaffen zu können. Das leise Stöhnen, das sich dem leicht geöffneten Mund entwand, als sie sich nach langen Minuten dem gebannt starrenden Publikum zuwandte und unter dem aufgeschlitzten Kleid weiterhin verwöhnen liess, liess mich hart werden. Zu allem Überfluss führte die blonde Wildkatze ihre Finger in den Mund, sog an ihnen auf lasziv erregende Art und benetzte mit ihrem Speichel das straff gespannte Kleid über ihrer rechten Brust, deren harte

Brustwarze sich sogleich unter dem dünnen Stoff abzuzeichnen begann. Plötzlich packte sie den Stoff, zog ihn ein Stück vom Körper weg und schnitt mit einer schnellen Bewegung ein Stück Stoff heraus, so dass die harte Brustwarze und ein Teil des straffen Busens nackt vor den gierigen Männeraugen im Scheinwerferlicht glänzte.

Die Tänzerin löste sich von der Rothaarigen, die sich mit der Zunge über ihre vollen Lippen fuhr und an den Fesseln zerrte, und schritt in aufreizender Langsamkeit zur linken Liege hinüber, um sich auch von der Schwarzhaarigen zwischen den Beinen verwöhnen zu lassen, wobei sie ihren schlanken, wohlproportionierten Oberkörper immer wieder nach hinten bog und dem lechzenden Publikum noch mehr einheizte, indem sie an ihren Fingern sog. Dabei strich sie sich den eigenen Speichel um die jetzt entblössten Brüste und streichelte und drückte sie zu immer härterer und formvollendeter Erregung. Die Zuschauer kochten. Denn noch immer war die weiss Gekleidete keineswegs nackt, sondern verhüllte die Orte ihrer Erregung meisterhaft unter dem überall aufgeschlitzten und doch noch immer viel verbergenden Stoff.

Nachdem sie sich von der Schwarzhaarigen lange Minuten mit der Zunge hatte verwöhnen lassen, löste sich die Blonde – widerstrebend wie es schien – von den französischen Wonnen und stieg die vier Stufen zum Zuschauerraum hinunter. Die gefesselten Sklavinnen der Lust auf den Chromstahlliegen liessen ihre Herrin nicht aus den Augen. Die Blicke schienen den schlanken, geschmeidigen Körper verschlingen zu wollen. Aber jeder Hand, die ihr ungebeten zu nahe kam, erteilte sie eine schroffe Absage mit dem Knauf ihrer Klinge, den sie auf die Knöchel sausen liess. Unerwartet setzte sie sich auf einen vor Spannung und Erregung zitternden Oberschenkel, liess sich langsam zum schweissnassen Gesicht gleiten, nur um sich ebenso schnell und katzengleich wieder zu erheben und weiterzugleiten. Männliches und vereinzelt anwesendes weibliches Publikum war gleichermassen erregt.

Und dann hatte sie gewählt. Zwei Männer und eine Frau wurden von der weiss Gewandeten zur Bühne geleitet, wo sie sich, durch Zeichen bedeutet – denn während der gesamten Vorstellung fiel kein Wort, und Sprechen war unter Androhung des sofortigen Ausschlusses strengstens verboten – nackt auszuziehen hatten. Dann führte die Blonde, die dem

Strip aufmerksam zugeschaut hatte und die Akteure anfeuerte, indem sie sich verspielt aufreizend mit ihren Brustwarzen beschäftigte, die nackte junge Frau zwischen den Liegen hindurch etwas in den Hintergrund der Bühne, wo sie sie mit ein paar geübten Handgriffen an Handgelenken und Fesseln in Ketten legte. Ein Scheinwerfer liess ihre festen runden Brüste aufleuchten.

Die beiden nackten Adonisse führte sie an ihrer eregierten männlichen Zier zu den schwarz Gewandeten auf den Liegen und übergab sie den erwartungsvoll geöffneten Lippen. Die Zuschauer sahen die wachsende Erregung der Geschleckten nur an den immer schneller pumpenden Pobacken und der zunehmenden Erregung der Gefesselten im Hintergrund der Bühne, deren Becken immer schneller zu kreisen und zu zucken begann.

Wie zufällig stellte sich die blonde Verführerin neben die junge Frau aus dem Publikum, die sie auf die Bühne geführt hatte, begann erneut mit ihrem erotischen Tanz aus den Hüften heraus und massierte die harten, glänzenden Nippel der Gefangenen mit ihren schlanken Fingern.

Unser Gastgeber hatte uns erklärt, wer es fertig bringe, den letzten Akt mit der Blonden zu vollziehen und sie zum Höhepunkt bringe, erhalte nicht nur den Eintrittspreis von tausend Dollars zurück, sondern habe sich eine Nacht mit allen drei Wildkatzen verdient, die er nie mehr im Leben vergessen werde.

Es ist deshalb nicht verwunderlich, wenn die jeweils auf die Bühne Geführten alles daran setzten, ihren kostbaren Saft so teuer wie möglich zu verkaufen, doch heizte dieser Versuch zur Zurückhaltung die Stimmung nur noch mehr an und schien die drei Frauen zu Spitzenleistungen erotischer Verführung anzustacheln. Jedenfalls waren auch die beiden Erstgewählten nach zwanzig Minuten soweit. Der von der roten Wildkatze auf der Liege behandelte Kerl warf plötzlich den Kopf nach hinten, stöhnte auf vergab seine Chance auf einen Spitzenrang. Den Anblick der vom Naturchampagner glänzenden Brüste ertrug der zweite Recke nicht lang und entledigte sich der Spannung unter lautem Aufstöhnen.

Kaum hatten die beiden ihre Pflicht getan, schickte sie die Blonde mit einer knappen Handbewegung von der Bühne. Die Sicht war frei auf die beiden an die Liegen gefesselten

Amazonen, deren nackte Brüste vom Tribut der beiden ersten Bewerber im Scheinwerferlicht glänzten. Die vom bisher erlebten heiss gewordene junge Frau befreite die weiss Gekleidete von ihren Fesseln und gebot ihr, zwischen die Beine der Rothaarigen zu treten und ihren Dildo zu bedienen. Die blonde Schönheit schritt unterdessen von der einen zur andern Gefangenen und widmete sich deren härter und härter werdenden Brustspitzen. Die Gefesselten begannen zu stöhnen vor Lust.

Mit wiederum perfektem Timing gebot die Blonde ihrer neuen Sklavin, die beiden Frauen auf den Liegen abwechslungsweise mit dem Dildo zu bedienen, während sie selber begann, die Frau aus dem Publikum französisch zu verwöhnen. Ob es Hexerei war oder die enorme Erfahrung der drei Performerinnen: Jedenfalls kam die einzige Kandidatin an jenem Abend gerade in dem Moment, da sie von der Rothaarigen zur Schwarzen wechselte. Die Blonde war plötzlich hinter sie getreten und hatte ihr den Dildo entwunden. Ihr Haar im Nacken festhaltend, hatte sie sie gezwungen, die Beine zu spreizen und ihr den feuchten Stab langsam und genüsslich von hinten eingeführt. Ihre langen schlanken Finger kreisten um die zum Zerspringen gespannten Brüste der jungen Frau, die hemmungslos zu stöhnen begann vor Erregung. Unter dem geübten Griff der blonden Wildkatze musste die Erwählte ihren schlanken Körper dem gierigen Publikum entgegen biegen und sich von ihrer Peinigerin zwischen den Beinen und am Busen gleichzeitig erregen lassen. Nach langen zehn Minuten schrie sie die Erlösung von der unsäglichen Spannung in den Zuschauerraum hinaus. Das Publikum raste.

Mit lasziver Langsamkeit glitt der Blondschopf auf den Boden und riss langsam Stück um Stück des Kleides weiter auf und schliesslich ab, bis sie sich, nur noch mit einem weiss glitzernden G-String und hochhackigen Schuhen bekleidet, erhob und ihren herrlichen Körper den Blicken des Publikums darbot.

Mit ein paar raschen Bewegungen befreite sie darauf die beiden andern Frauen, und zu dritt begannen sie sich nach allen Künsten der lesbischen Liebe gegenseitig zu erregen, als ob sie erst gerade ein kurzes Vorspiel der Erotik und nicht drei machtvolle Orgasmen erlebt hätten.

Angewärmt holte sich darauf jede der drei einen der im Saal unten Sitzenden und liess sich von ihm in immer neuen und unglaublicheren Positionen nehmen. Und wiederum brachten es die drei Lustdienerinnen fertig, ihre Partner auf den selben Augenblick hin scharf zu machen. Als diese unter lautem Aufschrei abspritzten, hatten es die Frauen so eingerichtet, dass sich die Recken im Dreieck gegenüberstanden und ihr Nass in ein kupfernes Becken fiel, das im Zentrum stand. Auch diese drei wurden mit einem kurzen Kopfnicken entlassen, nachdem sie ihre Schuldigkeit getan hatten.

Der Rest ist schnell erzählt, auch wenn sich die unglaubliche Show noch über eine Stunde hinzog. Denn nun wurde die Blonde von ihren beiden Kolleginnen auf eine der Liegen gefesselt und diese leicht schräg gestellt, so dass sich der Kopf höher als die Füsse befand. Noch einmal wurden drei Musketiere auf die Bühne gewinkt und der letzten Kleidungsstücke entledigt. Die beiden Frauen packen den G-String der Unersättlichen und zerrissen ihn kurzerhand. Das war das Signal. Jeder der drei Männer wurde gleichzeitig von ihr bedient, während ihre beiden Dienerinnen überall dort Hand anlegten, wo der grösste Lustgewinn lockte.

Sobald einer der letzten drei spritzte, musste er sich zurückziehen. Der Sieger war am Ziel seiner Träume angekommen. Die Blonde schaffte es, ihre beiden Gespielinnen mit den Händen so zu stimulieren, dass in einem letzten gewaltigen Aufbäumen alle vier auf der Bühne in einem gemeinsamen Orgasmustaumel aufschrien und ermattet über einander zusammensanken. Das Licht erlosch.

Seit zwei Tagen waren Monica und ich Stephanos Kaloumenas Gäste. Wir konnten uns nicht beklagen. Monica hatte sich als frühere Bekannte und Geschäftsfreundin Sibyls ausgegeben, die in Zürich einen Callgirlring für gehobene Ansprüche aufbauen will. Leider habe sie Sibyl seit drei Wochen vergeblich zu erreichen versucht, schliesslich jedoch über einen gemeinsamen Bekannten Kaloumenas Adresse erhalten. Einen Tag später erreichte uns ein Fax mit der Aufforderung, nach Athen zu kommen: Kyrios Kaloumenas wünsche nur Geschäftsbeziehungen mit Leuten, die er persönlich kenne.

Ein schwarzer BMW der 700er Reihe brachte uns zur Nobelmarina Flisvos. Sibyls Worte kamen mir in den Sinn. *Flisvos Athen, vor einem Jahr. Französischer Waffenhändler. Der Name tut nichts zur Sache. Seit Jahren Klient unserer Kanzlei. Offizieller Beruf: diplomatischer Kurier einer gottverlassenen ehemals französischen Inselgruppe im Pazifik. Frag mich nicht wo. In Geographie bin ich miserabel. Unsere Kanzlei erhält einen dringen Fax: "Erbitte dringend Mitglied ihrer Kanzlei in Athen airport, übermorgen 1430 hrs. Transfer einer grösseren Summe in USD und CHF nach Vertragsverhandlungen wahrscheinlich. Von Vorteil wenn jüngere, kompetente lady. Charge expenses to my account.* Er hielt vor dem Schooner. Man sah ihm die Grundberührung nicht an. Ich hoffte, der teure Anzug, die Brille und meine kurz geschnittenen Haare versteckten den Seebären auf der Beluga genügend, um nicht von irgendeinem von Kaloumenas Schergen erkannt zu werden. S.K. und ich haben persönlich noch nie das Vergnügen gehabt.

Seine Aufmerksamkeit galt vom ersten Augenblick an Monica. Mich schien er höchstens als störenden Anhang zu dulden, um sich an ihr möglichst lange und ungeniert satt sehen zu können. Wir liefen noch am selben Abend aus Richtung Suneon, und Stephanos Kaloumenas war der charmanteste Gastgeber, den man sich denken kann. Jede Andeutung, über Geschäftliches zu reden, lehnte er mit dem Hinweis ab, eine so zauberhafte griechische Herbstnacht dürfe durch keine profane Diskussion um Geld und Geschäft entweiht werden, und wir sollten den Schlag nach Milos seiner bescheidenen Yacht unter Vollzeug im Decksalon geniessen.

Die Semiramis ist ein fabelhaftes Schiff. Bei der frischen Brise aus Norden lief sie unter vollem Tuch gute vierzehn Knoten und lag dabei so majestätisch auf dem Wasser, dass die Champagnergläser auf dem Glastisch nicht einmal klirrten.

"Sie ist mein Stolz und meine Freude. Ich habe sie vor sechs Jahren in den Niederlanden bauen lassen, kurz nach dem Tod meiner ersten Frau. Sie hat mir geholfen, über diesen schmerzlichen Verlust hinwegzukommen." Kaloumenas drehte das Champagnerglas in der Hand und sah zur beleuchteten Küste Attikas hinüber.

"Vor einer Woche haben sie sie mir bei Poros auf Grund

gesetzt, aber sie ist eine robuste Lady. Zumindest ergab sich die Gelegenheit, endlich die Champagnerkelche durch Schalen zu ersetzen. Ich bin der Ansicht, wir Menschen brauchen immer wieder kleine Unglücksfälle, um nicht vom Strom der Zeit ins Meer der Gleichgültigkeit und Trägheit gespült zu werden. Was denken Sie, Monica ?"

"Ich gebe Ihnen recht, Stephanos. Nur bedaure ich, dass wir nicht vermehrt aus Lebensfreude gegen den Strom schwimmen, statt wie eine kranke Forelle im Trinkwasserbecken beinahe fatalistisch auf den Stromstoss zu warten, bis wir uns wieder ein Stückchen auf die Quelle zu bewegen."

Als wir am nächsten Morgen aus den luxuriösen, mit allem Komfort ausgestatteten Kajüten an Deck kamen, lagen wir am Fährschiffquai von Milos. Kaloumenas empfing uns in bester Laune in einem leichten Leinensakko und riet uns, das Nötigste für einen Tagesausflug einzupacken, weil er uns die Schönheiten der Insel zeigen wolle. Er werde uns selber über die Insel chauffieren. Monicas leichtes ärmelloses Kleid mit tiefem Rückenausschnitt, das ihren gebräunten, sportlichen Körper vorteilhaft zur Geltung brachte und gut zu ihrem vollen blonden Haar passte, schien Kaloumenas die Energie eines verliebten Teenagers zu geben. So fuhr er auch den silbergrauen RangeRover, der am Quai auf uns wartete und uns die gewundene Strasse in den Hauptort der Insel hinaufführte. Unterhalb des Kastells parkierte er den Wagen und führte uns die verwitterten Stufen zur kleinen Kapelle und zur Zinne hinauf, um uns die Atem raubende Rundsicht über die tintenblaue Ägäis mit ihren im Dunst entschwindenden Inseln zu zeigen.

Dass hier die Wiege zur Demokratie stand. Auf diesen kargen, unscheinbaren Fleckchen Erde, die erst noch um die Vorherrschaft im zersplitterten Reich zu kämpfen hatten. Ägina, Milos, Athen. Blutiger Kampf, Deportation, Abschlachten der Bevölkerung. Und aus dem roten Hass der Blutsverwandtschaft taucht am Ende wie eine liebliche Tochter des Nereus das ätherische Geschöpf Demokratia. Sind es das ägäische Licht, die warmen Farben der langfingrigen Eos, die allzu enge Begrenztheit der Inseln und des attischen Festlandes, die sich dem strafenden und verzeihenden, dem fischreichen und tosenden Meer immer wieder und überall zu stellen haben, sind es die Träume der Mensch gewordenen Götter – was war es, das der Demokratie inmitten menschenverachtender Systeme ihre Chance gab?

Eine kleine Stärkung im Kapheion des zahnlosen Wirts, und der RangeRover führt uns der kargen Ostküste entlang zum Süden der Insel und den Bauxitgruben, deren bizarre Formen und zarte Pastelltöne uns faszinieren. Erst beim Überfliegen der Insel werden wir erfahren, dass fünfundzwanzig Prozent der Aktien dieser Bauxitwerke Stephanos Kaloumenas gehören. Nach einem reichhaltigen Picknick am Fusse der höchsten Erhebung von Milos, dem Oros Prophitis Elias, gehört der Nachmittag einem erfrischenden Bad an der Westküste der Insel, die ihrer Unzugänglichkeit und der schlechten Strassen wegen für die Töff fahrenden Touristen gesperrt ist. *Wir hatten mit der stimulierenden Wirkung von Monicas knappem Bikini gerechnet, waren jedoch überrascht, wie stark und unverblümt Kaloumenas auf die schöne Aussicht reagierte. Weshalb sind es die starken Männer, die erfolgreichen auch, denen Sex und Erotik so wichtig ist: Kennedy, OJS, Kopp, Kaloumenas, Locher?*

Auf der Fahrt zur Buch hinunter suchte ich angestrengt nach der Semiramis, deren 136 Fuss in der natürlichen Hafenbucht der Insel schlecht zu übersehen sein mussten. Ich konnte sie nicht ausfindig machen.

"Wo liegt unser schwimmendes Hotel", wandte ich mich an Stephanos. Sein volles, lautstarkes Lachen gefror mir auf dem Rücken.

"Ich hoffe, sie ist mit Volldampf voraus auf dem Weg nach Spetsai, um uns heute Abend zu empfangen."

"Und wie wird Europa dorthin gelangen? Auf Zeus' Rücken?" Monica schenkte Kaloumenas ein Lächeln, und er prustete los vor Vergnügen und drückte auf die Hupe, so dass ein paar verlorene Ziegen vor Schreck einen Satz in die Luft machten und davon stoben.

"Mit Ihnen auf den Schultern würde ich liebend gerne untergehen und für immer im feuchten Schoss – des Meeres – ruhen." Er hatte nur für den Bruchteil einer Sekunde gezögert, und doch schoss Monica das Blut in die Wangen. Kaloumenas tief dröhnendes Lachen füllte den Wagen und er hieb sich vor Vergnügen auf die Schenkel. Der Mann war schlagfertig, selbstsicher und intelligent.

"Keine Angst, moderne Götter schwimmen so leicht

durch die Lüfte wie die antiken durch das Wasser der Ägäis. Aber bevor ich Ihnen die Schönheit der Insel aus der Vogelperspektive zeige, lade ich Sie ein zu einem Openair-Apéro in einer idyllischen Bergvegetation "Swiss Miniature"." Der Range Rover neigte sich gefährlich zur Seite und fuhr einen kurzen, aber steilen Abhang hinunter, um nach einer scharfen Linkskurve in eine nie vermutete Landschaft einzutauchen: In sandig steinigem Boden, der sich in unzähligen Rücken und Senken warf, wuchsen Zwergföhren und -birken, Erika, Lärchen und ginsterähnliche Büsche, die der ganzen Landschaft einen hochalpinen Charakter verliehen. In einer der grösseren Senken hielt Kaloumenas an, holte eine grosse flauschige Decke aus dem Fond des Wagens, breitete sie auf dem sandigen Boden aus und hiess uns Platz nehmen. Der Korken knallte in den lauen Abend hinaus und der trotz Kühlbox etwas warm gewordene Champagner floss in die drei Gläser, die uns der Gastgeber in die Hand gedrückt hatte.

"Auch wenn es nicht comme-il-faut ist: In manchen Situationen muss der Korken knallen und fliegen, und etwas vom köstlichen Nass Äolus und Gaia geopfert werden. Wir Griechen schäumen manchmal über vor Lebenslust und -kraft." Kaloumenas' Blick zu Monica verriet, dass er nicht nur an Champagner dachte.

"Und wir Frauen aus dem Norden schätzen einen guten Tropfen auf den Lippen." Der Abend schien mir plötzlich schwül, und ich hegte Zweifel, ob Monica die Zügel des gefährlichen Spiels noch sicher in Händen hielt.

Die Flasche war leer, und das Gold der Abendsonne zog sich in die Schatten der Hügel und Berge zurück, als wir in den Wagen stiegen. Nur einem Ortskundigen konnte es gelingen, durch den Niederwuchs und die unzähligen Sand- und Schotterwege einen fahrbaren Weg zu finden, der uns in weniger als einer Viertelstunde an den Rand eines verlassen wirkenden Flugfeldes brachte, an dessen nördlichem Ende ein Tower in den rasch dunkler werdenden Himmel ragte. Die ganze Anlage schien vom Luftfahrtsministerium noch nicht zur Benützung freigegeben worden zu sein, und ich war froh, die Piste im Auto queren zu können und nicht in einem Flugzeug testen zu müssen. So unbekümmert, wie Kaloumenas auf der Rollbahn herumfuhr, schien mir der unbesetzte Tower kein allzu grosses Risiko darzustellen.

"Wir investieren in den Tourismus, und das heisst heute, schnelle und sichere Verbindungen. Zwei- bis dreimal pro Jahr können die Fähren wegen Sturm die Insel nicht anlaufen. Nach dem Bau des Flugplatzes wird Milos aus ihrem Dornröschenschlaf erwachen. Was für Aphrodite gut genug war, wird auch die Träume und Sehnsüchte von Marianne, Karl-Heinz und Joanne wecken."

"Wie lange bauen Sie an dieser Anlage?"

"Wir sputen uns hier in Griechenland nicht so sehr wie ihr in der Schweiz oder in Deutschland. Die ersten Pläne hatten wir vor zehn Jahren, dann haben wir fünf Jahre auf das Geld aus der EU gewartet. Die Eröffnung ist für nächstes Frühjahr geplant. Wir weihen ihn heute zu Ehren charmanter junger Unternehmerinnen aus der Schweiz wie Sibyl und Monica ein." Sein Lächeln war bezaubernd, als er den Wagen neben dem dunklen Empfangsgebäude parkierte und Monicas Türe öffnete.

"Darf ich die Herrschaften bitten. Das Flugzeug sollte jeden Moment hier sein." Ich schluckte leer.

Kam standen wir in der kühler werdenden Abendbrise, hörte ich das ferne Summen eines Jet-Triebwerks. Zwei helle Punkte näherten sich schnell der im Dunkeln liegenden Piste. Wenige Augenblicke später setzte ein Learjet modernster Bauart sanft auf der Rollbahn auf und kam wenige Meter vor uns zum Stehen.

"Darf ich zu einem kleinen Abendtrunk an Bord bitten." Kaloumenas war in seinem Element. Wir stiegen die kleine Gangway hinauf, wurden von einer charmanten Hostess in die Lounge geleitet, während das Flugzeug bereits an den Anfang der Startpiste rollte.

"Bitte beunruhigen Sie sich auf keinen Fall. Ich stelle nur erstklassiges Personal ein. Mein Pilot z. B. war lange Jahre Ausbildner der südafrikanischen Kampfpiloten. Ein äusserst kompetenter Mann, den ich mir hier leiste. Da wir bereits einen kleinen Freiluft-Imbiss auf Milos zu uns genommen haben, gestatte ich mir, Ihnen an Bord nur noch Champagner und Kaviar anzubieten. Zu mehr reicht leider die Zeit nicht. In weniger als einer halben Stunde sind wir in meinem Club auf Spetsai, wo Ihnen selbstverständlich wieder eine reichhaltigere Speisekarte zur Verfügung stehen wird, sofern Sie dann überhaupt noch einen Gedanken ans Essen verschwenden wollen." Kaloumenas lächelte geheimnisvoll. Ich war nicht beruhigt.

Und dann stellte sich Kaloumenas Privatclub auf Spetsai als ein Etablissement heraus, das eine Erotik zelebrierte, wie ich sie noch nie erlebt hatte: Heiss, aufreizend bis zur Schmerzgrenze, provokativ selbst für meine Generation. Aber nie billig, nie primitiv, brutal oder würdelos. Kaloumenas verstand sein Geschäft. Der Club musste eine Goldgrube sein bei Zutrittspreisen von eintausend Dollars pro Person. Und wahrscheinlich brauchte es noch eine Mitgliedschaft, damit der Kreis der Erlauchten auch sicher dicht hielt. Dafür, dessen war ich mir nach der Show auf der Bühne und den anschliessenden Gesprächen im trauten Kreise sicher, erhielten die Zugelassenen einen Gegenwert, der sich aufrechnete.

Auch Monica hatte das Dargebotene erregt, und ich gebe zu, dass ich mich gerne mit ihr in unsere Kabine auf der Semiramis zurückgezogen hätte. Aber Kaloumenas hatte darauf bestanden, ihm bei einem Schlummertrunk auf dem Achterdeck Gesellschaft zu leisten. Wir waren beim zweiten Glas des schweren griechischen Weins, der aus einer schlichten Kristallkaraffe nachgeschenkt wurde und über dessen Herkunft ich nicht mehr aus unserem Gastgeber locken konnte als ein knappes "Ein alter Freund von mir, der seine Reben besser behandelt als seine Frau", da wusste ich weshalb. Sie trug das gleiche weisse Kleid, das sie an ihrem herrlichen Körper aufgeschlitzt hatte, und näherte sich unserem Tisch mit einer Ausstrahlung, die mir den Atem nahm.

"Ich wollte nicht, dass Sie meine Entdeckung und ihr exquisites Talent nur aus der sicheren Distanz des Zuschauerraums kennen lernen. Ein Kenner widmet sich den Details, finden Sie nicht?" Kaloumenas Lächeln diktierte mir mein vor Erstaunen nur angedeutetes Nicken.

"Bitte setze dich, tesoro mio. Zwei Freunde aus der schönen Schweiz, die auch noch geschäftliche Beziehungen zu jemandem pflegen, den ich besonders schätze: Monica Depure und Sam Otris. – Ich wüsste nicht, was ich Ihnen in Bezug auf Kalmene noch enthüllen könnte."

Kaloumenas Überraschungsgast setzte sich mir gegenüber, bedachte Monica mit einem leichten Lächeln und sagte in perfektem Englisch:

"Ich hoffe, unsere neue Nummer hat Ihnen so viel Spass

gemacht wie uns. Du hast einfach Recht, Darling, wenn du sagst, es gäbe nichts Schöneres im Leben als mit Leib und Seele dabei zu sein." Ich konnte mich täuschen, aber der Blick, mit dem sie Stephanos bedachte, schien mir leicht spöttisch zu sein.

Die Frau entpuppte sich während den folgenden zwei Stunden unseres lockeren Gesprächs über Gott und die Welt als ausgesprochen belesen und gut informiert und überraschte mich mit ihren zurückhaltenden, aber treffenden und humorvollen Beiträgen. Ich konnte sehen, dass auch Monica beeindruckt war. Und Kaloumenas schien ganz einfach hingerissen – allerdings von Monica. Langsam begann ich mich darauf einzustellen, dass wir beide ein weiteres Opfer zur Aufklärung dieser mysteriösen Geschichte ins Auge fassten mussten. Denn solange ich dabei war, schien Kaloumenas ganz vernarrt in small talk zu sein. Monica alleine, dessen war ich mir fast sicher, würde mehr aus ihm herausbringen – und schneller. Und Kalmene kannte vielleicht auch noch das eine oder andere Geheimnis, das mir von Nutzen sein konnte. Abgesehen von denjenigen, die sie auf der Bühne enthüllt hatte. Sollte ich offenes Verlangen nach ihr zeigen, oder war ich 2 fast und machte unseren Gastgeber 2 furious? Und bei der Intelligenz der Frau schien es mir möglich, dass die Femme fatale am Schluss triumphieren und mit der verführerischen Schlange das Weite suchen würde, während ich angeschossen im Powder Room zurückblieb. Nun, das Risiko musste ich eingehen, denn solch geballte Erotik gibt es nirgends for free, Willy.

Die Entscheidung wurde mir abgenommen. Ob von Monica oder Kaloumenas wusste ich nicht, denn sie war während meiner filmischen Abwesenheit gefallen. Beide standen sie jedenfalls wie abgesprochen auf, der Grieche reichte seiner Flamme den Arm und mit einem "Ich möchte Monica näher mit Semiramis bekannt machen. Sie gestatten doch." führte er sie um den Decksalon herum zum Vorschiff. Kalmene lächelte mich an.

"Er kennt nur zwei Leidenschaften – Frauen und Schiffe."

Ich entschloss mich für den hohen Einsatz und bat Monica um Verzeihung.

"Dann haben die beiden ja bereits ihr gemeinsames Thema. Bei Monica sind es nämlich Frauen und Sex." Ich konnte mich täuschen, aber ihre grünblauen Augen zeigten für einen kurzen Lidschlag Interesse.

"Die Glücklichen. Und was unternehmen wir, um uns nicht vor Langeweile betrinken zu müssen?"

"Ohne gemeinsame Interessen bleibt uns nur der Alkohol. Oder in meinem Fall die kalte Dusche. Ihre Darbietung ist ihm nämlich ziemlich in den Kopf gestiegen."

"Das freut mich. Ich weiss inzwischen, dass wir gut sind, aber ein ehrliches Kompliment aus dem Munde eines Kenners freut einen immer. Weshalb vertiefen wir uns nicht noch etwas mehr in die Materie?" Sie liess es so unanständig klingen, wie es gemeint war.

"Damit wäre dann auch unser Abend gerettet. Gehen wir unseren Grundsätzen auf den Grund, bis nichts mehr davon übrig ist." Ich reichte ihr meinen Arm und sie führte mich durch den Decksalon, wo sie sich eine Flasche Jamson und zwei Tumbler griff, nach unten in ihre Koje. Sie war grösser als mein Schlafzimmer zu Hause.

Die Zigarette danach mag gut schmecken, das Gespräch danach befriedigt mehr. Nicht, dass ich noch irgendeine andere Form der Befriedigung gebraucht hätte. Vor lauter Zufriedenheit mit mir und dem göttlichen Geschenk intelligenter Erotik voll ungezügelter Leidenschaft wäre ich am liebsten eingeschlafen, aber ich kannte meine Pflicht. Und ich hatte mehr geerntet, als ich gesät hatte. Diesmal konnte ich mit Monica mithalten. Denn Kaloumenas hatte sich trotz seiner Freigiebigkeit Monica gegenüber als erstaunlich resistent erwiesen. Der Mann war gerissen. Aber wir konnten zufrieden sein mit unserem dreitägigen Einsatz in Hellas. Was hatten Silvia, Philipp und Doreen herausgefunden?

Dass ich Pietro gar nicht in Betracht zog, zeigt meine Beschränktheit. Mit Blinden ist man nett, aber rechnet nicht mit ihnen. Dabei waren unsere Ergebnisse ohne seine Kenntnisse und Kontakte beinahe wertlos.

Wir hatten wieder ausgezeichnet gegessen. Unser Gastgeber hatte zwei seiner weissen Rössel kredenzt. Ein grossartiger Wein, der perfekt zu Entrée und Hauptgang passte. In irgendeiner Fachzeitschrift, an deren Namen ich mich nicht mehr erinnern kann, hatte ich gelesen, dass so ein altes Pferd mit Jahrgang 47 an einer Auktion vor ein paar Wochen seinem Besitzer über vierzigtausend Franken eingebracht hatte. Und unsere Flasche hatte auch bereits ihre dreiundzwanzig Jahre auf dem Hals. Vielleicht hat Stil doch etwas mit Geld zu tun. Nicht absolut, das wäre vulgär, aber relativ zu den vorhandenen Mitteln. Ich musste an meiner Ausgabenfreudigkeit arbeiten.

"Was schliessen wir daraus?" Pietros Stimme holt mich in die Runde zurück. "Nach allem, was Monica und Sämi herausgebracht haben, kennt Kaloumenas Locher und hat mit Sibyl geschäftliche Beziehungen gepflegt. Welcher Art wissen wir nicht, vermuten aber, dass es um Frauenhandel in einschlägige Etablissements geht. Er weiss nichts von ihrem Verschwinden oder gibt vor, nichts zu wissen. Der Mann scheint stinkreich zu sein und Verbindungen in die höchsten politischen Kreise zu haben.

Hier nun ist interessant, was Silvia und Philipp herausgefunden haben. Locher scheint in politischen und wahrscheinlich auch finanziellen Schwierigkeiten zu stecken. Nachdem seine Firma Jahre lang als Inbegriff schweizerischer Solidität galt, hat er bei Spekulationen im Ausland keine allzu glückliche Hand bewiesen."

"Ich habe mich ein wenig unter meinen Bankerfreunden umgehört." Doreen nahm Pietros Faden auf. Gute Zusammenarbeit edelt jede Runde. "Er hat in den vergangenen sechs Monaten sein Anwesen über dem See bis unter die Dachtraufe belastet."

"Und das ist nicht alles. Gegen Locher scheinen Untersuchungen wegen Insidergeschäften an den Börsen von Zürich und Athen zu laufen. An einer der Firmen, in die Locher kräftig investiert hat, ist Kaloumenas mit gegen zwanzig Prozent beteiligt. Und wir sprechen von einer Börsenkapitalisierung von über einer halben Milliarde."

"Aber all das erklärt nicht, was mit Sibyl passiert ist oder auch nur, ob wir überhaupt auf der richtigen Fährte sind." Ich war entmutigt. "Wenn die beiden oder auch nur einer von den beiden etwas mit Sibyls Verschwinden zu tun hat, wo liegt ihr Motiv? Die waren doch Partner."

"Das vermuten wir bisher nur. Beweisen können wir es nicht. Uns bleibt nichts Anderes übrig, als möglichst viel über Locher herauszufinden und ihn wenn möglich unter

Druck zu setzen. Kaloumenas ist wohl eine Nummer zu gross für uns. Aber wenn sich die beiden in die Haare geraten, sind wir vielleicht die lachenden Dritten."

"Und Monica könnte Sibyls Geschäfte pro forma weiterführen und die zarte Bande zu Kaloumenas zu festigen versuchen. Typen wie er sind doch immer für eine schöne Adresse in der Schweiz dankbar." Doreen blickt über ihr Glas hinweg zu Monica. "Natürlich nur, wenn es dir nicht allzu viel ausmacht. Aber Männer vom Schlage Ks muss man an ihrer Schwachstelle packen, und ich habe den Eindruck, du bist unsere stärkste Schwachstelle bei diesem Monster."

"Wenn ihr meint. Ich habe nichts dagegen, solange ich auf eure Unterstützung und Freundschaft zählen kann. Der Mann hat etwas Unheimliches und zugleich hoch Erotisches, und ich gestehe, dass ich nur allzu gerne sein Geheimnis lüften möchte. Denn koscher sind weder seine Geschäfte noch seine Absichten." Monica nippt an ihrem Wein, dreht das Glas nachdenklich in der Hand. "Etwas geht mir seit der Nacht auf der Semiramis im Kopf herum. Ich hatte den Eindruck, Kaloumenas hätte für einen Moment seine lächelnde Überlegenheit verloren und nur mit Mühe seinen Hass hinuntergeschluckt, als ich en passant unseren guten Kunden Locher erwähnte – natürlich ohne den Namen zu nennen. Irgendetwas versetzte K. in Rage. Wenn ich nur wüsste, was es war."

Die Sache scheint im Sand zu verlaufen. Es ist immer das Gleiche mit diesen grossen Tieren: Unsereins kommt ihnen nie auf die Schliche. Ohne Medien ist die Demokratie verloren. Ciaò bella Italia, ci vedremo doppo Berlusconi.

Wir hatten auf Pietros Terrasse beschlossen, in den Paarungen Silvia – Philipp, Doreen und ich und Pietro – Monica weiter zu arbeiten. Uns dabei auf Locher zu konzentrieren, aber Kaloumenas nicht aus den Augen zu lassen. Monica führt mit Pietros technischer Unterstützung Sibyls Call-Line weiter und hofft dabei, wie wir alle, auf ein Wunder. Oder auf Lochers Schwäche.

Zürich ist die schönste Schweizer Stadt und rangiert seit Jahren in der Spitzengruppe unter den Weltstädten mit hoher Lebensqualität. Das sagen jene, die es wissen müssen, weil sie vor lauter Herumreisen kein Zuhause sondern nur noch ein

Steuerdomizil vorzuweisen haben.

Und dennoch: Zürich hat ein Problem. Nein, nicht Ledergerber. Ich bitte Sie. Der Mann ist doch sein Gehalt mehr als wert. Seit er Stadtpräsident ist, hören wir von den andern acht nichts mehr. Die haben sich sozusagen selbst wegrationalisiert und lassen die Forderung "7 statt 9" wie eine Initiative zum Ausbau der Exekutive tönen. Die SVP müsste glücklich sein. Ist sie aber nicht. Sie ist nie glücklich. Aber das ist nicht Zürichs Problem.

Nein, Zürichs Problem erkennt man eigentlich erst aus der Distanz. In Bern und Berlin, von Genf und Bellinzona aus gesehen wird es ersichtlich. Sie meinen den Fluglärm? Der, zugegeben, ist ein Problem. Und hat damit zu tun, dass Honegger der Sohn eines Bundesrates ist und Bruggisser sich emporgearbeitet hat. Beides denkbar schlechte Voraussetzungen um sich einen klaren Blick zu bewahren. Aber das Problem „Fluglärm" löst sich von selbst. Sogar die Villenbesitzer im Süden werden in nicht allzu ferner Zeit bei jedem startenden und landenden Flugzeug sehnsüchtig den Kopf in den Nacken legen. Wer hätte gedacht, dass der neue Name des Flughafens so schnell Programm würde: Wirklich einzigartig, wie über Nacht aus einem international angesehenen Hub ein belächelter Dorfflugplatz wurde, auf dem die eine Hälfte der Gebäude leer steht und die andere Hälfte darauf wartet, ihrer Bestimmung übergeben zu werden. Nein, auch der Fluglärm ist nichts als eine Episode und nicht das wahre Problem.

Zürichs Problem liegt im Namen. ZÜRICH. Sie erkennen es noch immer nicht? Lassen Sie mich Ihnen helfen. Es beginnt damit, dass der Name ZÜRICH mit dem Symbol für die ganze Schweiz endet: CH. Und weitertönt zum kurzen, aber entscheidenden Wörtchen ICH. Als wäre dieser egozentrische Fokus nicht schon Hypothek genug (man erinnere sich nur des lächerlichen Versuchs, die Stadt als "Downtown Switzerland" zu apostrophieren), steckt in ZÜRICH auch noch das heute jedem Primarschüler bekannte RICH. Der frühere Stadtpräsident konnte gar nicht anders, als dem umtriebigen Rohstoffhändler gleichen Namens hehre Motive bei seiner Spendentätigkeit zu bescheinigen. Mit seinem Namen muss er beinahe als vierter Stadtheiliger gelten.

Sehen Sie, was ich meine? Zürichs Problem, die Arroganz seiner Macht, die Vormachtstellung gegenüber dem Rest unseres Landes, sein absoluter Führungsanspruch selbst gegenüber Couchpin liegen nicht im Wesen seiner Bevölkerung, sondern im eigenen Namen begründet. Zürich kann gar nicht anders, als (erfolg)reich und egozentrisch zu sein und den Rest der Schweiz als sein Hinterland zu betrachten. Dieses Verhalten steckt in seinem Namen. Und selbst die unspektakuläre Vorsilbe ZÜ, die dazu dient, den Rest des Namens zu cachieren, kann als jene Lautäusserung gelesen werden, die ein ungläubiges Kopfschütteln über so viel Selbstbewusstsein begleitet: Zzzz, wie kann man nur...!

Zürichs Problem ist deshalb nur mit einer Namensänderung lösbar. Aber ich frage Sie, wollen wir das wirklich? Nachdem wir uns über 700 Jahre lang daran gewöhnt haben, von der übrigen Schweiz und dem Ausland belächelt und beneidet zu werden. Schliesslich haben wir uns den Namen nicht selber ausgesucht. Und niemand kann behaupten, dass er nicht passt.

Der erste Schnee ist dieses Jahr früh gekommen. Im November waren die Strassen und Plätze eines Morgens weiss und stiller als sonst. Ich hatte unruhig geschlafen und stand früh auf. Eine gute Übung, zwischendurch und ohne Zwang früh aufzustehen. Sommers wie Winters, im Herbst wie im Frühling. Bildet den Willen, gibt Kraft. Sollte in der Schule geübt werden, statt Gewohnheitstiere mit immer gleich humanem Schulbeginn am Morgen heranzuziehen. An diesem Novembermorgen stehe ich um viertel vor fünf auf. Der Schnee liegt schon zehn Zentimeter hoch, als ich zum Fluss hinunter und über die Beilagenbrücke gehe, hüpfe, gleite. The first snow always does it to me. Die Erinnerung an die Tage am Fusse des Hausbergs, als der Schulweg zum Wintermärchen wurde. Die Schneeräumer sind bereits an der Arbeit. Aber noch gewinnt die leise rieselnde Pracht. Schwarzräumung is but a dream. Das Salz brennt in der Wunde. Aber die Wunde wehrt sich tapfer und schliesst sich geduldig.

Dei Stadt bereitet sich auf Weihnachten vor. Auf den Verkauf von Weihnachten. Jedes Jahr. Seit zweitausend Jahren. Wir wollen Barrabas. Jesus füllt einfach die Schaufenster nicht richtig. Und leere Kassen schmerzen leere Herzen. Das muss er doch verstehen. Versteht er sicher. Er versent alles. Das macht ihn unerträglich. Für die meisten von uns. Hüte sich wer kann. Kein schönes Erwachen, wer sich an Weihnachten zu sicher gefühlt hat. Besser als die mit den leeren Herzen. Ich grüsse die Schnee räumen. Es sind die Hirten, die wachen. Selig wer eine Aufgabe hat, weil der Engel weiss, wo er suchen muss.

Der Hügel liegt still. Kein Schachspiel. Der Strahl des Brunnens nährt einen kleinen Eiszapfen. Auf der Nordseite. Der Süden ist trotz der bleichen Sonne der letzten Wochen noch zu warm. Ich bin der einzige, der die Stadt verteidigt. Früher als die Frauen. Die einen Brunnen erhalten haben, weil Witz über männliches Prahlen siegte. Früher, als die Frauen noch für die Stadt kämpften. Früher als die Männer. Die den Feind suchten und nicht fanden. Früher, als die Männer den Feind noch suchten. Ob ihn George W. je finden wird? Clinton war zu sehr mit seiner Monica beschäftigt. Ich werde sie anrufen. Sie hat mich nie gefragt, ob ich nach dem Verschwinden von Sibyl noch weiter mache. Sie kennt die Antwort. Deshalb rufe ich sie an. Heute Abend.

Jetzt dämpft der Schnee jeden Schritt... Bald alle Geräusche. Und statt sich dem Winterzauber hinzugeben, wird die Stadt vor der Stille erschrecken und sie mit Vorweihnachtshektik zu vertreiben suchen. Wie wenig wir bei uns im Westen von der Kraft der Hingabe wissen. Wollen Schneesterne bleiben, jeder einzigartig und unverwechselbar, wie er vom Himmel fällt. Und erkennen nicht, welche Macht im Schmelzen liegt und wieder Gefrieren, da die äussere Erscheinung sich ändert bis zur Unkenntlichkeit und der tanzende Flaum erst zum tragenden Grund wird, der Brücken baut und unter sich begräbt, wer ihm keinen Respekt zollt. Ich werde Monica anrufen. Vor heute Abend.

Ich respektiere die Frau. Ich weiss jetzt, dass sie Ronnie geliebt hat. Sie hat es mir erzählt hier oben unter den Linden. Im Sommer noch hat er ihr den Hof gemacht. Nicht aus Liebe, aus Egoismus. Er wollte sie haben, damit die andern ein Nachsehen hätten. Und hat sie sitzengelassen, als er erkannte, dass sie ihn liebte. Was für Schwächlinge wir Männer oft im Leben sind. Dafür umso heldenhafter in unseren Tagträumen. Pity Mitty. What a pity.

Seit anderthalb Monaten führt Monica Sibyls Service. Mit Pietros logistischer Unterstützung: Hightech statt Sex. Falsch: Hightech Sex. Raffiniert ist die Schlinge ausgelegt worden. Pietro hat weitere Bänder rekonstruieren können. Kaloumenas ist drauf. Charmant, geil, aber geschäftlich. Und zweideutig. Vor Gericht hätten wir nichts gegen ihn in der Hand. Der Fuchs verlässt seinen sicheren Bau nicht. Ob Locher für ihn jagt? Der ist auch drauf. Geschäftlich, charmant, aber geil. Und eindeutig. Aber bei einem mit seinen Beziehungen genügt das Material nicht. Wir wollen ihn nageln. Deshalb bietet Monica best telephone(y) sex in town. Auch offline. The camera is loaded. Um seine Entladung in scharfen Bildern festzuhalten. Dann könnte man ihn erpressen um K das Handwerk zu legen. Wenigstens hier in der Schweiz. Nicht viel, aber es wäre ein Anfang. Wenn L endlich anbeissen würde. Monica brauchte Geduld und Mut. Sie hat beides.

Und dann ruft sie mich an.

"Komm vorbei. Jetzt gleich, wenn du kannst, Ich muss mit dir reden. Aber nicht übers phone."

In zwanzig Minuten bin ich bei ihr. Sie öffnet die Türe und küsst mich flüchtig. Ich spüre, wie aufgeregt sie ist. "Was ist los? Weshalb tust du so geheimnisvoll? Hat L endlich angerufen und ist dir auf den Leim gekrochen?"

"Wenns bei euch drängt, muss es immer gleich raus! Unglaublich, ihr Männer. Willst du dich nicht setzen und dir etwas zu trinken nehmen? Deine Neugierde kommt schon noch auf ihre Rechnung." Monica schüttelte lächelnd ihre blonde Mähne. Die Aufregung hatte Rouge auf ihre Wangen getupft und in ihren schwarzen low riders und dem anliegenden Top sah sie hinreissend aus.

"Tut mir leid, schöne Frau, ich erkläre mich jugendlicher Ungestümtheit schuldig. Ich habe vergessen, dass dir der Sinn seit jeher nach reifen Männern stand. Ich werde mir ein Glas Tonic eingiessen, sobald ich weiss, was du möchtest, und dann setzen wir uns und du erzählst mir in aller Ruhe, was dich so beglückt hat, dass du mich daran teilhaben lassen willst."

"Dir kann man einfach nicht böse sein, du Wort-Casanova. Betört die Frauen mit seiner gespielten Selbstzerknirschung. Ein unfehlbares Mittel. Seelisches Viagra. Nimm nicht zuviel davon."

Ich reiche ihr den gewünschten Tomatensaft und setze

mich mit meinem Tonicwasser in den bequemen Ledersessel, der dem grossen Fenster den Rücken zukehrt. Monica hat nicht viel an der Einrichtung verändert. Die Wohnung war nach dem Brand frisch gestrichen und das angesengte Mobiliar ersetzt worden. Die Versicherung hat anstandslos gezahlt. Und Monica mich gefragt, wie es vorher ausgesehen hatte. Wir waren uns schon bei Pietro einig gewesen, dass möglichst wenig auf den Unterbruch und Wechsel bei *Romeo und Julia* hindeuten sollte. Nur die kräftig im Saft stehenden Pflanzen, die im ganzen Raum verstreut standen, liessen Rückschlüsse auf die neue Dame des Etablissements zu. Nicht zu ihrem Nachteil.

"Du wirst es nicht für möglich halten." Monica schaute mich strahlend an. "K will mich treffen. Allein, privat, unter vier Augen."

"Welcher Mann möchte das nicht?"

"Hör auf und mir zu. Ich glaube nicht, dass ich ihm als Frau solchen Eindruck gemacht habe, dass er plötzlich nach Zürich kommen muss. Er tönte äusserst geheimnisvoll und sprach von einem Geschäft, das ich mir nicht entgehen lassen sollte. Sprach davon, dass wohl jede Frau in meinem Fach davon träume, einmal im Leben den wirklich grossen Schnitt zu machen und sich danach aus dem aktiven Geschäftsleben zurückziehen zu können...du weisst schon. Mir ist vor Staunen gar nichts mehr eingefallen. Aber das schien ihn, wie die meisten Männer, nicht im geringsten zu stören."

"Bärbeissig bis zum bitteren Ende, unser erfolgreicher Köder."

"Hast du eine Idee, weshalb K plötzlich an mir oder meinem Business interessiert sein sollte? Wir haben den Köder doch für L ausgelegt. Und dar hat bisher keinen Mucks von sich hören lassen."

"Ideen hab ich viele. Aber ob sie stimmen? Ob auch nur eine davon stimmt? – K könnte dich für eines seiner Geschäfte, legal oder illegal, engagieren wollen. Er könnte, trotz deines Vorbehalts, ein Auge auf dich geworfen haben. Und Männer seines Kalibers fassen in solchen Fällen mit beiden Händen nach. Oder er könnte dich als Verbindung zu Locher benutzen wollen. Wozu ist mir allerdings schleierhaft. Ich glaube nicht, dass es momentan sinnvoll ist, uns das Hirn zu zermartern, was er von dir will. Er wird es dir bei Gelegenheit erzählen. Und offenbar soll für dich dabei etwas herausspringen. Also warten wirs ab und bringen den angebrochenen Abend gemütlich zu Ende. Einverstanden?"

"Heisst das, du möchtest du stärkeren Sachen als einem Tonicwasser wechseln?"

"Du kennst mich: Seriös bis zum Gähnen. Aber zu einem Schluck deines ausgezeichneten Primeurs würde ich nicht nein sagen."

"Dem Herrn kann geholfen werden. Ich befürchtete bereits, du wolltest mich zum Essen ausführen."

Wir verbrachten einen angenehmen Abend miteinander, assen Monicas Kühlschrank leer (mental note: Bring ihr einen Korb aus der Bellevue Welt der Delikatessen nächstes Mal, wenn du einkaufen gehst!) und konnten es nicht lassen, über die Gründe für Kaloumenas unerwartete Kontaktnahme zu spekulieren. Heraus kam dabei nichts. Wir wurden einmal mehr gewahr, dass K viel mehr über uns (oder wenigstens Monica) zu wissen schien als wir über ihn. Beunruhigend.

Deshalb war Ks zweiter Anruf nur vierundzwanzig Stunden später eine Überraschung. Wir hatten wenigstens die gute Idee gehabt, von jetzt an alle Telefonanrufe aufzuzeichnen. Aber wahrscheinlich hatte Kaloumenas auch diese Idee bereits vor uns gehabt und sich entsprechend verhalten. Seine wohl tönende Stimme verriet nicht die geringste Nervosität.

"Kalispéra, Monica. Wie geht es dir? Ich hoffe, du hast mehr Zeit und weniger Sorgen als ich. Schöne Frauen sollen blühen. Alte Männer dürfen welken, damit auf ihrem Boden Schönheit Nahrung findet."

"Charmant Stephanos, wie immer, wenn euch eine lange Leitung vom schwachen Geschlecht trennt. Mir gehts gut, danke. Aber ich nehme nicht an, dass du mich anrufst, um über Gartenfreuden mit mir zu plaudern."

"Ah, das kleine Raubtier zeigt die Krallen, wie wir es lieben. Ich glaube wirklich, ich könnte mich an den Umgang mit dir gewöhnen. Aber ernsthaft. Ich werde morgen um 11 Uhr in Zürich sein und möchte deine Zeit für eine Stunde in Anspruch nehmen. Sagen wir um halb eins im Dolder zum kleinen Lunch? Könntest du das für mich einrichten? Ich wüsste es wirklich zu schätzen, denn die Sache drängt ein wenig und ich weiss nicht, an wen ich mich ausser dir wenden könnte."

"Und darf ich erfahren, was mir die Ehre verschafft?"

"Morgen, morgen, meine Hoffnung. Das ist kein Thema für das Telefon. Aber du wirst es nicht bereuen, mir diesen kleinen Liebesdienst zu erweisen."

"Nicht alle sind käuflich, Stephanos. Das müsstest doch selbst du wissen."

"Wer spricht denn von so etwas Vulgärem wie Kaufen! Ich schlage dir ein Geschäft vor, bei dem wir beide nur gewinnen können. Und selbstverständlich darfst du ablehnen, auch wenn ich das natürlich sehr bedauern würde. Also – bis morgen? Zwölf Uhr dreissig im Dolder. Soll ich dich abholen lassen?"

"Danke, zu gütig. Ich werde die flachen Schuhe anziehen oder die Taxispesen für die hohen Hacken auf die Rechnung setzen."

"Wenn ich wünschen darf: Entscheide dich für die doppelten Spesen und die halbe Rocklänge. Deine Beine sind einfach ein Traum."

"Ich werde sehen, was sich machen lässt. – Bis morgen."

"A demain."

Diesmal trafen wir uns in meiner Wohnung. Käse, Brot, Trockenfleisch und Bier. Zu mehr hatten meine Künste und Nerven nicht gereicht. Doreen holte Pietro vom Bahnhof ab. Silvia kam alleine, Philipp hatte zu arbeiten. Monica platzte los, bevor alle Platz genommen hatten.

"Ihr werdet es nicht glauben! Der Mann ist total durchgeknallt! So was von Spinner hab ich meinen Lebtag nicht getroffen."

"Wir freuen uns mit dir, wenn du uns endlich sagst, worum es geht." Pietros feine Ironie verfehlte ihre Wirkung selten.

"Entschuldigt, ich kann es einfach immer noch kaum fassen, was K mir vorgeschlagen hat. Also hört zu. Ich muss etwas ausholen." Monica zieht ihr Top herunter, streicht sich die Haare aus dem Gesicht, nimmt einen Schluck Bier und erzählt von ihrem Treffen mit K über Mittag.

"Anscheinend kennen sich K und L seit mehreren Jahren. Wie es genau zur Bekanntschaft kam, weiss ich nicht, aber Kaloumenas hat angedeutet, dass L als junger Aufsteiger des öftern Geschäfte zwischen Griechenland und der Schweiz abgewickelt hat und ein Teil seiner saftigen Gewinne in Ks Nachtclubs und unter seine Edelhuren verteilt wurde. K wurde auf den grosszügigen Spender mit den augenscheinlich guten Geschäftskontakten aufmerksam und nahm in unter seine Fittiche, was L einen Ausbau seiner Aktivitäten erlaubte und Umsatz wie Gewinn erhöhte.

Dass K selten etwas aus reiner Nächstenliebe tut, verwundert uns kaum. Offenbar war L seine Protektion mehr als wert, weil er ihm half, *das Geld aus der Erotikbranche sinnvoll anzulegen*, wie sich Kaloumenas ausdrückte. Mit andern Worten: Die Gewinne aus dem Mädchen- und wahrscheinlich auch Drogenhandel zu waschen und vor dem Fiskus hier in der Schweiz zu verstecken. Natürlich drückte er es nicht in diesen Worten aus, aber K musste doch ziemlich deutlich werden, wenn er mich auf seine Seite ziehen wollte."

Monica griff nach ihrem Glas. Niemand sagte ein Wort.

"Jedenfalls konnte Locher das Mausen auch hier in der Schweiz nicht lassen. Irgendwie wurde er auf Sibyls Dienstleistungen aufmerksam und Stammkunde auf ihrer Leitung und später in ihrem Etablissement. Gesalzene Preise schienen seinen Durst nach dem Aussergewöhnlichen nur zu verstärken. Er gab das Geld dafür mit beiden Händen aus und verliess den Pfad der Tugend vollends: K begann um seine Gewinne zu fürchten. Er setzte ihm deshalb letztes Frühjahr ein Ultimatum, die Finger von Sibyl zu lassen und sich zumindest in der Schweiz zusammenzureissen. K hat ihm meines Erachtens offen mit Liebes- und Mittelentzug gedroht. Aber Lochers Hirn war diesem längst zwischen die Beine gerutscht."

"Und K muss befürchten, es eher früher als später mit den Schweizer Strafbehörden zu tun zu bekommen, weil dem liebestollen L ein Fehler unterläuft." Pietro hatte den richtigen Schluss wieder als erster gezogen.

"Genau das ist seine Angst – wenn K zu einem solchen Gefühl überhaupt fähig ist. Und deshalb will er L jetzt mit meiner Hilfe ein für alle Mal gefügig machen." Man sah Monica an, dass sie nicht wusste, ob sie sich darob freuen oder grämen sollte.

"Also raus damit, was führt ihr im Schild?" Ich hatte schweissnasse Hände vor Aufregung.

"Ich führe gar nichts im Schild. damit das klar ist." Monica blickte beleidigt in die Runde. "Ich habe mir vierundzwanzig Stunden Bedenkzeit ausbedungen, weil ich mich zuerst mit euch besprechen wollte."

"Kluges Mädchen." Doreen nahm Monica in den Arm. "Also erzähle uns detailliert, was K sich vorstellt."

"K möchte, dass ich L irgendwie bei seiner Schwäche fürs Sexuelle packe und ihn in eine kompromittierende Situation bringe. Davon will er Aufnahmen machen lassen und – sicher ist sicher – seine Schergen schicken und ihn in Flagranti erwischen. Damit hätte er ihn fest in der Hand und könnte Locher erpressen, dessen politische und wirtschaftliche Karriere auf dem Spiel steht."

"Und wie kommst du an Locher heran? Bis jetzt hat er jedenfalls nicht angebissen, obwohl wir uns ziemlich Mühe gegeben und *Romeo und Julia* wieder eröffnet haben." Silvia dachte wieder einmal an das nahe Liegende.

"Mit Hilfe Ks. Er wird L in einen seiner Clubs einladen und ihm beiläufig von einem neu eröffneten Etablissement in der Schweiz schwärmen, das er sich gerne einmal näher ansehen würde. Weil man damit vielleicht die jüngsten Gewinne aus dem Jugoslawienhandel in den freien Markt einspeisen könne. Ks Wortwahl! Und wie er L kenne, werde der sich die Aussicht auf einen fetten Gewinn und über Spesen bezahltes Vorkosten leiblicher Genüsse nicht nehmen lassen."

"Locher wird misstrauisch werden, wenn er die alt bekannte Adresse bemerkt."

"Das habe ich K auch gesagt. Aber der ist davon überzeugt, dass die neue Leitung, also mich, nichts mit Sibyl verbindet."

"Was bedeutet, dass wir in Zukunft bei unseren Zusammenkünften noch vorsichtiger sein müssen." Doreen schien sich direkt an Pietro zu wenden. Doch dieser hatte den Gedanken bereits weiter gesponnen:

"Und was ist deine Prämie im riskanten Spiel?"

"Ich kann das Risiko schlecht abschätzen, aber K muss viel an der Erpressung Lochers liegen. Er hat mir dreihunderttausend angeboten."

Ich verschluckte mich beinahe am Olivenkern. "Machst du Witze?"

"Etwas höflicher ausgedrückt, habe ich ihn das Gleiche gefragt. Und mir bestätigen lassen, dass ich mit einhunderttausend bei Zusage, mit dem Doppelten nach dem erfolgreichen Abschluss der kleinen Sexparty rechnen könne – spesenfrei auf ein Konto meiner Wahl überwiesen."

Wir füllten unsere Gläser, um die Höhe der Summe noch etwas länger auf der Zunge zergehen zu lassen.

"Dreihunderttausend Schweizerfranken für einen Abend mit L und ein paar scharfe Aufnahmen. Ich kanns nicht fassen." Silvia fand die Sprache als erste wieder.

"Wer spricht von Franken? Griechen rechnen in Euro." Monica schien unser Staunen Spass zu machen.

"Der will dich erledigen lassen, sobald du den Job für ihn erledigt hast. Auf jeden Fall wird er dir die Wohnung hier wieder abfackeln lassen, wie bei Sibyl. Ich bin sicher, K steckt mit Locher unter einer Decke und ist mitschuldig am Verschwinden Sibyls. Keiner ist so doof und zahlt beinahe eine halbe Million. Da ist was gewaltig faul an der Sache." Silvia war aufgestanden und hatte sich neben Monica gesetzt. "Ich lass nicht zu, dass dir etwas geschieht."

"Ich nehme an, diese Ansicht teilen wir alle." Pietro räusperte sich. "Die ganze Angelegenheit ist ziemlich knifflig. Und vierundzwanzig Stunden ein Augenblick, wenn es so viele Aspekte und mögliche Konsequenzen zu analysieren gibt. Ich bin mir nicht einmal sicher, ob Monica die Wahl hat. Wenn sie sich weigert, bei einer solchen Summe Geld mitzumachen, dürfte K sehr misstrauisch werden. Wir sollten nicht vergessen, dass du für ihn in keinem direkten Zusammenhang mit dem Verschwinden Sibyls stehst. Ich glaube sogar, dass dies die Höhe der Summe erklärt: Kaloumenas will dich auch damit prüfen. Niemand, der die Geschichte vom Verschwinden Sibyls und ihrer Kontakte zu Locher und Co. nicht kennt, würde ein solches Angebot ablehnen, wenn ihm der Sinn nach dem Aufbau eines exklusiven Callgirl-Rings steht. Wie Monica K gegenüber behauptet hat."

"Aber du bist sicher nicht so naiv zu glauben, dass das ein Kinderspaziergang wird, oder? Locher könnte den Braten bereits riechen, während die Kameras surren, und handgreiflich werden. Dem Typ ist alles zuzutrauen."

Pietro bat darum, sein Glas noch einmal aufzufüllen, setzte sich bequem zurück und meinte zu drei der fünf Anwesenden:

"Ich glaube, es ist Zeit, unseren Freunden gegenüber die Karten auf den Tisch zu legen. Was meinst du Doreen?"

Ich habe nie herausgefunden, wie K L dazu brachte, nach dem Köder zu schnappen, den Monica in seinem Auftrag ausbrachte. Und je älter ich werde (Doreen und ich kennen uns bereits zehn Jahre) desto grösser werden meine Zweifel, ob man Locher überhaupt ködern musste. Die meisten Männer verlieren mit dem zweiten Frühling die Kontrolle über ihren Trieb. Oder sie haben keine Gelegenheit zur Sünde (wenigstens keine, die sie nicht bereits vor dem Fall zu teuer zu stehen kommt). Locher biss an.

Monica hatte sich gegenüber Kaloumenas zwei Monate zur Vorbereitung des Abends ausbedungen. Und dieser hatte schliesslich, kraft der vorgelegten Argumente, zugestimmt. Ich war für die Inszenierung zuständig gewesen und ziemlich stolz auf mein Drehbuch. Philipp war dazu ausersehen worden, meine Geschichte vorzulesen, während Monica und Sibyl sie an Locher umsetzen würden. Das hatte den unbestreitbaren Vorteil, dass bereits ein Mann im Raum war, falls die Sache eskalieren sollte. Pietros Idee, natürlich. Und er war sich sicher, dass L keinen Anstoss daran nimmt, solange sich Philipp maskiert diskret im Hintergrund hielt. Er sollte einmal mehr Recht behalten. Vielleicht muss man blind sein, um in die Tiefen menschlicher Psyche zu blicken. Meine Idee, natürlich.

Ach ja, Sie fragen sich, woher Sibyl plötzlich wieder aufgetaucht ist. Eigentlich aus Pietros Schatten. Die zwei hatten beschlossen, Sibyl (na ja, eigentlich Julia) verschwinden zu lassen, nachdem alles, was Sibyl über Kaloumenas und Locher in Erfahrung bringen konnte, kaum für eine Verhaftung, für eine Verurteilung nie gereicht hätte. Auch deshalb (und nicht nur wegen meines Aussehens :-)) hatte sich Sibyl mich geangelt, und hatte ich, zufällig arrangiert von der ebenfalls eingeweihten Doreen, meine Partnerin in Freud und Leid kennen gelernt. Dass ich Monica, Philipp und Silvia mit in die Ehe brachte, war der Troika mehr als Recht gewesen, denn die ganze Affäre um K & L drohte ihr über den

Kopf zu wachsen.

Aber ich komme ins Plaudern. Ich werde die Zusammenhänge erklären, wenn wir mehr Zeit haben. In zwei Stunden kommt L und noch ist nicht alles für seinen Empfang bereit.

Sibyl also wird die Sklavin spielen. Denn dabei kann sie die Maske tragen. Und Locher so lange hinters Licht führen, bis der Show down angesagt ist. Denn anders, als K plant, wollen wir den Hai und nicht den Karpfen. Dogvillemässig. Hier das Drehbuch. Ich würde gerne mitspielen. Aber ein Mann muss im richtigen Moment zurückstehen und die Sache aus der Distanz sehen können. In diesem Falle durch die Linsen mehrerer digitaler Videokameras.

Sie erinnern sich an unsere letzte Geschichte, in der Romeo und ich uns mit Hilfe einer einfachen Reitgerte ein paar vergnügliche Stunden bereitet haben? Dann erinnern Sie sich sicher auch daran, dass ich Romeos exquisite Phantasie gelobt habe, die uns immer wieder neue Überraschungen auf dem Gebiet der gehobenen Erotik erleben lässt.

Ich weiss nicht, wo Romeo Christina kennen gelernt hat und wie – oder ob – er sie zu unserem Lustspiel überredete. Jedenfalls brachte er sie eines Mittwochabends zu mir nach Hause und stellte uns gegenseitig mit jener weltmännischen Sicherheit vor, die Romeo in meinen Augen so unwiderstehlich macht.

Tina war ein Traum von einem Mädchen. Knapp neunzehnjährig, hoch gewachsen, schmal hüftig, mit erregend langen, wohlgeformten Beinen unter einem knapp sitzenden Ledermini, der den durchtrainierten Podex zur Geltung kommen liess, ohne billig zu wirken, wie das viele (zu kurze) Minijupes tun. Ihr volles rotbraunes Haar fiel ihr ungebändigt auf die Schultern, und unter einem Ledergilet und einer weissen Bluse schien sie auf jeden Halt für ihren nicht zu grossen und nicht zu kleinen Busen verzichten zu können. Mir gefiel, dass sich ihre Nippel unter dem Stoff ganz leicht bemerkbar machten. Das liess auf Rasse schliessen.

Als sie sich setzte, bemerkte ich mit Wohlgefallen, dass sie Erziehung und Sinn für Erotik besass. Nichts Abstossenderes, als wenn sich Frauen oder Männer auf jene billige Art und Weise prostituieren, wie sie Druckerzeugnisse und Filme seit den Sechzigerjahren propagieren: Gespreizte Beine und vulgäre Sprache, noch bevor man sich gegenseitig kennen gelernt und kultiviert unterhalten hat. Wie mit anderen Drogen, können die wenigsten von uns mit Erotik und Sex umgehen. Immer höhere Dosen und brutalere Kicks benötigen sie, um überhaupt noch etwas zu fühlen. Und daneben existiert nur noch jener 08.15-Sex, der zur Pflichtübung und notwendigen Körperhygiene wie die tägliche Dusche geworden ist. Mich ekelt davor.

Christina also setzte sich mit elegant schräg gestellten Beinen mir gegenüber aufs Sofa, warf ihr Haar in den Nacken und akzeptierte mit einem strahlenden Lächeln Romeos weissen Martini, den sie sich gewünscht hatte. Sie trug keine Strümpfe, und ihre Haut schimmerte golden im Abendlicht der durch das grosse Fenster meiner Wohnung schräg einfallenden Sonnenstrahlen. Ich wusste, Romeo konnte sich an ihrem Anblick kaum satt sehen und musste ihm einmal mehr einen ausgezeichneten Geschmack attestieren.

Welches Vergnügen, wenn eine Frau mit diesem Aussehen ihre Qualitäten behält, wenn sie den Mund aufmacht. Christina war gebildet und belesen. Sie liebte Theater und Film, kannte sich in der neueren Literatur ebenso aus wie im modernen Tanz und war sportlich. Das bestätigte ihr trainierter Körper.

"Tina hat mir erzählt, nach zwei Freundschaften habe sie den Spass an phantasielosem, engstirnigem Sex verloren. Dazu genügten Gummipuppen, die sich offenbar auch eines regen Absatzes erfreuen. Und da ich finde, Christinas Klasse sollte den Kennern unserer Rasse erhalten bleiben, habe ich sie heute Abend hierher eingeladen." Wie immer steuerte Romeo das Gespräch gekonnt in jenes Fahrwasser, das uns wahrscheinlich einmal mehr einen unvergesslichen Wildwasserritt über den Strudeln der Lust bieten würde.

"Ich finde, wir sollten auf Tinas Wünsche eingehen, um sie ihre traurigen Erfahrungen mit dem phantasielosen Geschlecht möglichst rasch vergessen zu lassen. Was magst du am liebsten? Welche Rolle sagt dir zu?"

"Da überlasse ich mich ganz eurer Erfahrung. Die scheint mir für Qualität zu bürgen." Christinas Charme war umwerfend.

"Warum zeigst du ihr nicht einmal unsere kleine Kollektion an Dessous. Vielleicht findet sich etwas, das Christina gerne tragen würde." Ich wusste, dass Romeo es beinahe nicht mehr erwarten konnte, Christinas mädchenhaften jungen Körper zu sehen.

Die beiden erhoben sich und gingen in den angrenzenden Raum hinüber, in welchem nicht nur eine ansehnliche Sammlung stimulierender Textilien wartete, sondern auch ein rundes Wasserbett stand, das von zwei Spiegelwänden und einem grossen Spiegel an der Decke bis ins Unendliche fortgespiegelt wurde. Ich goss mir noch einen kleinen Cynar ein, machte es mir auf dem Sofa bequem und lauschte auf die Töne, die aus dem Nebenraum drangen.

Offenbar bestaunte Tina unsere Kostümsammlung, und Romeos geraunten Worten konnte ich entnehmen, dass er Christina mit seiner grossen Erfahrung beriet, was sie anziehen sollte. Die Spiegel im Nebenraum gestatteten es mir, über eine weitere Spiegelkombination im Wohnzimmer alles mitzuverfolgen, was auf dem Wasserbett vor sich ging, ohne jedoch den ganzen Raum überblicken zu können.

Romeo legte ein aus mehreren Lederriemen und Strapsen bestehendes Kostüm auf das Bett und begann, Tina langsam die Bluse zu öffnen. Wie ich geahnt hatte, trug sie darunter nichts. Gekonnt verzichtete Romeo darauf, sich intensiver mit den festen Brüsten zu beschäftigen. Seine Hand strich nur wie zufällig die Bluse ein paar Mal zur Seite und enthüllte diesen bezaubernden Anblick fester runder Venushügel.

Nachdem er ihr die Bluse unter dem Gilet ausgezogen hatte, bat er sie, den engen Jupe abzustreifen, wobei er ihr zusehen wolle. Christina besass Talent. Ohne ein Wort drehte sie Romeo den Rücken zu und begann, ihr Becken lasziv langsam kreisen zu lassen. Dabei spreizte sie ihre langen, durchgestreckten Beine unmerklich und liess Romeos Augen jeden Zoll ihres hocherotischen Pos unter dem engen Leder verschlingen. Ich sah, wie sich Romeos Hose wölbte.

Ganz langsam öffnete Tina den Reissverschluss ihres Minis und begann, ihn über die hohen Hüftknochen hinunterzustreifen. Die noch immer gespreizten Beine liessen das Unterfangen hoffnungslos erscheinen. Aber Tinas Absicht war es nicht, sich möglichst schnell aus den Kleidern zu schälen. Mit ihrem aufreizend langsamen Striptease hatte sie uns klargemacht, dass sie unter dem Ledermini nichts trug. Das war kühn und selbstbewusst.

Tina drehte sich Romeo wieder zu und trat im Laufsteggang der Mannequins zwischen Romeos Beine, der sich auf dem Wasserbett ausgestreckt hatte und ihre Bewegungen fasziniert mit halberhobenem Oberkörper verfolgte. Zentimeter für Zentimeter schob sie jetzt das enge Lederband ihres Jupes hinunter und enthüllte ihren flachen, straffen Unterbauch und die hohen Hüftknochen. Die ersten goldenen Härchen ihrer Scham wurden sichtbar, als Tina innehielt und Romeo offenbar aufforderte, sich ebenfalls auszuziehen. Ich spürte, wie es zwischen meinen Schenkeln warm wurde.

Romeo lockerte die Krawatte und begann, sie Knöpfe seines Armanihemdes zu öffnen. Ohne falsche Scham genoss Tina den Anblick seiner muskulösen, behaarten Brust. Sie liess sich, noch immer mit zusammengeschobenem Mini und Bolero bekleidet, auf seinem linken Oberschenkel nieder und liess eine Hand mit schlanken Fingern und – wie mir schon vorher aufgefallen war – langen und sorgfältig manikürten Nägeln unter Romeos Hemd gleiten. Der Anblick der auf Romeos kräftigem Oberschenkel reitenden blonden Amazone mit ihren langen Beinen und festen Pobacken, die andeutungsweise unter dem Lederband ihres Minijupes hervorlugten, schickte eine Welle heissen Begehrens durch meinen Unterleib. Ich begann, durch meinem engen Slip hindurch meine Schamlippen zu streicheln, ohne den Blick von den beiden im Schlafzimmer zu wenden.

Christinas gekonnte Massage seiner Brust liess Romeo offenbar langsam die Beherrschung verlieren. Sein Becken und seine Oberschenkel stiessen in rhythmischen Bewegungen immer fordernder in Christinas Richtung, welcher der wilder werdende Ritt zu gefallen schien. Offenbar verstand sie es, mit Romeos Glut zu spielen, ohne selber gleich Feuer und Flamme zu sein; eine der Voraussetzungen, um bei unseren stundenlangen sex games erfolgreich mitmachen zu können. Die Frau gefiel mir wirklich ausnehmend gut.

Plötzlich packt Romeo Tinas schlanke Taille, hebt sie hoch und reisst ihr mit einem Schrei unverhüllten Verlangens den Ledermini herunter. Als habe sie nur darauf gewartet, stellt sich Christina vor Romeo in aufreizender Pose mit gestreckten Beinen und von ihm weg geknicktem Oberkörper hin und lässt den Mini von ihren Hüften auf den Boden gleiten, tritt aus dem Lederring heraus und präsentiert seinem verlangenden Blick ihre knackige Rückseite mit der dunklen Ahnung ihrer feuchten Zauberhöhle. Die Aufforderung, hinter sie zu treten und ihr Angebot zu kosten, ist selbst nach doppelter Spiegelung unmissverständlich und bringt auch mein Blut in Wallung. Die Frau ist unwiderstehlich – und sie weiss es.

Ich erhebe mich und trete, noch bevor Romeo sich an der reizenden Ansicht satt gesehen hat, hinter Tina und vor den noch immer auf dem Wasserbett liegenden Romeo.

"Langsam, meine Wildkatze. Du hast ja noch nicht einmal dein Kostüm anprobiert. Wir wollen uns doch nicht schon von der Lust davontragen lassen." Bei diesen Worten fahre ich mit Kennerblick über Tinas feste Rundungen und an der Innenseite ihrer Schenkel herunter, was Romeo einen kurzen Einblick unter meinen hoch geschlitzten Rock erlaubt. "Wir werden dich zum Triefen bringen, bevor Romeo dich reitet, meine Schöne. Das wünscht du dir doch, oder?"

"Genau das wünsche ich mir. Und während er mich nimmt, lecke ich dich zum Höhepunkt, Herrin." Christina hat schnell begriffen, wie das Spiel an Reiz gewinnt.

Während ich Christina das Bolero ausziehe und die verknoteten Lederbändsel um ihre festen Brüste binde, hat Romeo einen mit Nieten besetzten Lederslip mit einem Reissverschluss vorne und einer harten Einlage angezogen, die seine Bälle zur Seite drückt und es ihm ermöglicht, die Erektion über lange Zeit aufrecht zu erhalten. Tinas Hand- und Fussgelenke umschliessen Ledermanschetten mit eingelassenen Metallringen, und um ihren schlanken Hals lege ich einen Nieten beschlagenen Joker, von welchem zwei Silberkettchen bis auf Höhe ihrer Scham baumeln. Ein hochelastischer schwarzer G-String, der Tinas hohe Hüftknochen betont, verhüllt ihre reizende Scham notdürftig und schneidet tief in ihren Podex ein. Ich selber lasse Rock und Jacke fallen und präsentiere mich Tinas verwundertem Blick als Lederdomina in hohen Stiefeln, einem knappen Lederkorsett, das die Rundung meiner Brüste betont und hautengen Stretchleggins. Das Versprechen zwischen meinen Beinen deckt ein roter Lederslip ab, den Silbernieten zieren. Das Spiel kann beginnen.

Weil ich weiss, wie gerne Romeo den raffinierten Spielen

zweier Frauen zuschaut, und weil ich ahne, dass auch Tina einem lesbischen Vorspiel nicht abgeneigt ist, das uns beide auf Romeos Starken vorbereiten wird, führe ich unsere bezaubernde Sklavin zu jener Stelle im Raum, an der im Fussboden und an der Decke je ein Paar Haken eingelassen sind. Mit ein paar raschen Griffen wird sie an Händen und Füssen an diese Haken gekettet. Dann beginne ich, mit Hilfe einer Feder die verborgenen Winkel ihres herrlichen Körpers zu erforschen. Dabei lasse ich es mir nicht nehmen, den Geruch ihrer Erregung mit meinen Lippen zu kosten und meine eigene Lust auf sie zu übertragen. Tina liebt das Spiel mit der Zunge, und ich spüre, wie ihre Brüste unter dem Leder ans Licht drängen.

"Möchtest du nicht Tinas Nippel mit deinen Lippen befreien?" Meiner Aufforderung kommt Romeo nach, bevor ich sie ganz geäussert habe. Mit geübtem Mund löst er langsam Band und Band des Lederoberteils und lässt immer mehr zarte goldene Haut durchschimmern. Christinas harte Nippel aber hält ein letztes, straff gespanntes Lederband unter Kontrolle.

"Romeo wird es dir lösen und deine Nippel befreien, während ich neben deinem Slip ein Paar chinesischer Liebesbälle einführe – von hinten, kleine Wildkatze." Tinas Antwort ist ein lang gezogenes, gestöhntes Jaaaaahhh. Dabei stösst sie, so gut es mit gefesselten Händen und Beinen geht, ihren knackigen Po nach hinten und offeriert mir eine bezaubernde Sicht ihres engen Schosses. Während Romeo halb unter ihr liegt und mit seinen Zähnen den letzten Riemen ihres Brustbandes zu bearbeiten beginnt, schiebe ich den elastischen Slip zwischen ihren straffen Schenkeln beiseite und lege Tinas feuchte, golden schimmernde Herrlichkeit frei. Ein Zittern geht durch den jungen Körper, als ich mit der Zunge die ersten Tropfen ihres Liebessaftes von den zarten Schamlippen tupfe. Ich nehme die chinesischen Liebesbälle in den Mund und beginne, sie in Tinas feuchte Höhle zu stossen. Ich spüre, wie sie ihre Lenden wild kreisen lassen will und halte ihre Hüften fest, um ihr Verlangen zu steigern. Aus den Augenwinkeln verfolge ich, wie Romeo das letzte Lederband um den festen Busen löst. Tinas volle, feste Hügel springen Romeo ins Gesicht, der die harten Nippel mit Expertenzunge zu bearbeiten beginnt. Unsere Sklavin der Lust stöhnt auf und zerrt an ihren Fesseln.

"Wenn du mich schön schleckst, wird dich Romeo zuerst mit der Zunge und später von hinten verwöhnen. Willst du das?" Während ich in Christinas Ohr flüstere, berührt mein Busen, der vor Erregung aus dem engen Korsett gesprungen ist, ihre erregten Nippel. Statt einer Antwort beginnt sie, mit ihrer schlanken Zunge um meine Brustwarzen zu fahren, die unter der zarten Berührung sogleich hart werden. Ich löse Tinas Fesseln, streife ihr von hinten den Slip ab und befestige die beiden Silberkettchen, die von ihrem Halsband herabhängen, an der Seidenschnur, an denen die beiden chinesischen Liebesbälle hängen. Damit überträgt sich jede Bewegung ihres Kopfes und Körpers auf die Bälle zwischen ihren Beinen. Raffinierterweise lassen sich die beiden Kettchen dank je eines Gummiringleins über die Brustwarzen führen, die damit an der Erregung aus jeder unbedachten Bewegung teilhaben. Die Kleine sieht wirklich unverschämt sexy aus, wie sie nur mit ihrem Lederhalsband, den über den Busen gespannten Silberketten und ihren hochhackigen Schuhen vor uns steht und sich mit der Zunge über die vollen Lippen fährt. An ihren leisen Beckenbewegungen sehe ich, dass die Liebeskugeln in ihrem Venusschlitz ihre Wirkung nicht verfehlen.

Ich lege mich auf das angenehm warme Wasserbett und lasse mich von Tinas Zunge verwöhnen, nachdem die Wildkatze mir meinen engen Slip beinahe vom Körper gerissen hat. Sie ist so gut, dass ich Romeo nach kurzer Zeit gestatte, zwischen ihre gespreizten Beine zu liegen und ihr durch leichtes Zupfen an den Ketten und Streicheln mit der Zunge langsam aber sicher einzuheizen. Da sich Tina kaum bewegen kann, ohne den Reiz zwischen ihren Schenkeln zu erhöhen, geht ihr Atem bald stossweise. Ihre runden Brüste werden so hart, dass mir ihr Anblick allein schon die Sinne schwinden lässt. Ich greife nach ihnen und beginne sie zu kneten. Christina stöhnt laut auf. Darauf scheint Romeo nur gewartet zu haben. Er erhebt sich, kniet hinter Christina, die mich noch immer hingebungsvoll schleckt, und beginnt, ihren flachen Bauch und feuchten Schlitz mit den Händen zu bearbeiten. Ich weiss aus eigener Erfahrung, dass eine solche Massage zusammen mit den chinesischen Wunderkugeln Wellen der Wonne durch einen Frauenkörper jagt. Immer wieder zieht

Romeo an den Kettchen und zwingt Tina, die Kugeln zurück-
zuhalten. Denn sie kennt die Spielregel, nach welcher Romeos Pfeil sie von hinten aufspiessen wird, sobald er ihr die
Kugeln aus der nassen Möse ziehen kann. Und noch will sie
seinen riesigen Schwanz zwischen ihren festen Pobacken
spüren.

Das Spiel kann nicht mehr ewig dauern. Zu erregt sind
wir inzwischen alle drei. Ich entwinde mich Tinas forderndem
Mund und biete Romeo einen französischen Leckerbissen an.
Während ich seinen herrlichen Steifen mit zarten Lippen zu
umschmeicheln beginne, bedeute ich unserer talentierten
Sklavin, sich auf der Liege selber zu befriedigen. Sie werde
nur in den Genuss von Romeos Pfahl kommen, wenn sie sich
vorgängig selber zum Höhepunkt stimulieren und uns an
ihrem Orgasmus teilhaben lassen könne. Als Anreiz dürfe und
müsse sie aber fünf Minuten lang mit mir zusammen Romeos
Zierde zur Weissglut bringen.

Dieser scheint sein Glück kaum fassen zu können. Von
einer erfahrenen Domina und ihrer bildhübschen Sklavin, die
kurz vor dem Höhepunkt steht, nach einem solchen Vorspiel
geschleckt zu werden, ist wohl der Traum eines jeden Mannes. Für Romeo wird er war. Unsere heissen Lippen lassen
keinen Zentimeter seines Stolzes unberührt. Trotz seiner
Länge nehmen wir ihn beide bis zur Wurzel im Mund auf und
bearbeiten ihn mit der Zunge. Während die eine seine pralle
Eichel umspielt, beschäftigte sich die andere mit seinen
harten Bällen. Romeos Lenden beginnen zu pumpen.

Tina soll sich nun mit sich selber beschäftigen, während
Romeo mich von hinten stösst. Seine langsamen, kontrollier-
ten Bewegungen sind etwas vom Erregendsten, das ich kenne.
Dabei befreit er ebenso langsam meine prallen Brüste aus dem
engen Lederkorsett und streichelt und drückt sie mit seinen
sensiblen Händen.

Meine Erregung scheint Tinas Taumel zu beschleunigen.
Nach ungefähr zehn Minuten intensiven Masturbierens bäumt
sich ihr makelloser junger Körper plötzlich auf. Die harten
Venushügel scheinen zu zerspringen und aus der goldenen
Höhle tropft heller Liebessaft. Tinas Stöhnen füllt den Raum.
Während Romeo ihr die nassen Liebeskugeln aus dem noch
immer engen Schlitz zieht, binde ich ihr Hand- und Fussge-
lenke an den Ledermanschetten zusammen, so dass sie wehr-

los Romeos Stössen ausgeliefert ist, nach denen ihr heisser Schoss schreit. Selber stelle ich mich in gebückter Stellung daneben und biete unserem Recken meine heisse Höhle von hinten an. Langsam zuerst, dann in immer schnellerem Rhythmus wechselt Romeo nach jedem Stoss von Christina zu mir und zurück, bis wir alle drei in einem wilden Aufschrei lang aufgebauter und aufgestauter Lust auf dem Wasserbett zur erschöpften Ruhe kommen.

Philipp liest wirklich gut. Die beiden Frauen jedenfalls wurden entscheidend entlastet. Locher stieg in neue Höhen auf und ich hatte mehr als genug Material, ihn in tiefste Tiefen stolpern zu lassen.

Zuerst befürchtete ich, Ls Herz würde nach all der Aufregung den Dienst versagen, als Sibyl die Maske abnahm. Er erkannte sie sofort wieder und wurde trotz der guten Durchblutung seiner Organe bleich. Sein momentaner Entkleidungszustand liess ihm jedoch keine andere Wahl, als ihre Gastfreundschaft noch ein wenig in Anspruch zu nehmen. Wir brauchten erstaunlich wenig Druck auf ihn auszuüben, um ihn zum Erzählen zu bewegen. Immerhin wussten wir einiges und kannten unseren Gegner fast wie einen intimen Freund. An Italian Job. Vor die Wahl gestellt, ob er uns über seine und Ks Verhältnisse aufklären oder morgen seine wilden Fantasien auf dem Web wiederfinden wolle, entschloss sich L zur Zusammenarbeit. In nicht ganz zwanzig Stunden würden wir uns alle bei Pietro wieder treffen. L sollte seinen Wagen stehen lassen und Doreens Auto nehmen. Ks Schergen warteten sicher schon auf ihn. Sollten sie ruhig noch etwas frieren.

Monica hatte K versprechen müssen, das belastende Material noch am gleichen Abend an ihn zu mailen. Dann würde ihr der Rest ihrer Prämie überwiesen. Pietro und ich hatten deshalb alle Hände voll zu tun. Das File sollte so präpariert werden, dass es sich innert einer Woche bis zur Unkenntlichkeit zerstörte. Sich und allfällige Kopien. Ich kenne mich mit Viren und Hacken ein wenig aus. Gegenüber Pietro bin ich virtually blind. Wir schafften es in zweidreiviertel Stunden. Ohne mich wäre er wahrscheinlich eine halbe Stunde früher fertig gewesen. Morgen würden wir endlich die ganze Story zu hören bekommen. Und diesmal blieb nichts im Studio zurück, das für L und K auch nur den geringsten Wert haben konnte. Genau wie beim letzten Mal.

Ich bin zu aufgeregt gewesen, um gut schlafen zu können. Doreen erging es genauso. Draussen zieht die Winterlandschaft vorbei, die nach der Höhe, die nicht dort liegt, wo sie dem Namen nach sollte, eigenartig melancholisch wirkt. So als schämten sich Ebenen und Berge ihrer Mittelmässigkeit. Falsch. So als schämten wir uns für die Ebenen und Berge ihrer Mittelmässigkeit. Melancholie ist eine Frage der Säfte im Menschen. Nicht in der Natur. Die Griechen hatten Recht. Ich döse ein bis nach dem langen Tunnel. Sud degli Alpi scheint die Sonne. Doreens Kopf lehnt an meiner Schulter.

Pietro hat uns alle auf siebzehn Uhr bestellt. Drei Stunden vor dem Eintreffen Lochers. Und uns gewarnt, das Kulinarische stünde nicht im Vordergrund. Wie immer kommt er gleich zur Sache.

"Wir müssen damit rechnen, dass Kaloumenas versuchen wird, Locher aus dem Weg zu räumen, sobald er entdeckt, dass die Videoaufzeichnungen unbrauchbar geworden sind. Das gibt Locher und uns eine knappe Woche Zeit, unsere Gegenstrategie aufzubauen."

"Du weisst sicher schon, wie die aussieht. Hab ich Recht?"

"Du hast Recht. Aber da es uns alle betrifft, möchte ich sie mit euch diskutieren. In solchen Situationen hängt der Erfolg vom schwächsten Glied der Kette ab. Und das kann jede und jeder von uns sein." Pietro nimmt einen Schluck Wein und fordert uns auf zuzugreifen: Formaggini di caprese, salume nostrane, pane di nonno e Merlot.

"Wir sind es Locher schuldig, ihn über die self-destructing files aufzuklären. Und über ihre Wirkung auf Kaloumenas, falls er nicht selber darauf kommt. Wir können davon ausgehen, dass er genügend Mittel und Kontakte hat, um für eine Weile unterzutauchen. Wenn möglich so lange, bis Kaloumenas in U-Haft sitzt. Doreens Kollege in Athen hat ihr versichert, dass Lochers Aussagen für einen Haftbefehl genügen. Wenn alles optimal läuft, erfährt K erst im Gefängnis, dass seine Kopien von Ls wilder Nacht kein Jugendschutzrating mehr brauchen."

"Sind Monica, Sibyl und Philipp nicht auch gefährdet?" Ich denke wirklich an alles.

"Wegen einer deiner – zugegeben besseren – Story, die sie lesen beziehungsweise umsetzen durften? Überschätzt du da deinen verderblichen Einfluss nicht etwas?"

"Ich meine doch nicht deswegen. Ich mache mir Sorgen um ihre persönliche Sicher..." Das schallende Gelächter der Runde klärt mich darüber auf, dass ich Pietro schon wieder auf den Leim gekrochen bin. Hände hoch. Ich gebe auf.

"Sämi hat natürlich Recht. Monica zumindest muss verschwinden. Sibyl dürfte nicht in unmittelbarer Gefahr schweben, da sie für K nach Lochers Angaben noch immer verschwunden ist. Aber sicher können wir in dieser Beziehung erst sein, wenn wir die Hintergründe aus Lochers Mund erfahren haben. Für Philipp sehe ich keine Gefahr. Ein arbeitsloser Schauspieler, der sich für einen Abend zur Verfügung gestellt hat um dann wieder in der Versenkung zu verschwinden. Sämi könnte Zielscheibe sein, weil er in Begleitung Monicas bei K weilte. Silvia, Doreen und ich existieren weder für L noch für K. Ich werde euch nach dem Gespräch mit Locher in meine Pläne einweihen. – Kehren wir zu unseren beiden Hauptdarstellern zurück."

Bin ich dankbar, nicht der Kopf der ganzen Operation *Griechischer Wein* sein zu müssen.

"Locher wird aussagen, wenn er merkt, dass er nur zwischen Webauftritt und dem Zorn Ks wählen kann. Seine einzige Chance ist, Kaloumenas mit seinem Zeugnis hinter Gitter zu bringen. Wir bieten ihm dafür im Gegenzug die Originalaufzeichnungen an."

"Kommt er damit nicht zu gut weg. Schliesslich hat der Mann ziemlich viel Dreck am Stecken, oder?" Doreens Gerechtigkeitsgefühl ist verletzt.

"Wir geben ihm einfach noch einmal eine Chance. Mehr nicht. Er wird nie ganz sicher sein können, ob wir nicht doch noch Kopien in der Hinterhand behalten. Und ich bin mir sicher, dass noch einiges Belastendes in seinem Geständnis vorkommen wird."

"Er war nie der Kopf der ganzen Affäre und ist immer nach Ks Pfeife getanzt. Wenn Kaloumenas aus dem Weg geräumt ist, liegt Locher an der Kette." Sibyl erhebt sich, um die Karaffe mit frischem Wasser zu füllen. "Glaubt mir, so gut kenne ich ihn inzwischen."

"Wenn du meinst. Mir solls recht sein. Mit seinem Geltungsdrang ist er für mich sowieso ein armes Würstchen. Und das nicht erst, seit ich seins gesehen habe." Monica hat einfach ein grosses Herz.

"Bene – machen wir alles parat und Philipp sich auf den Weg. Und denk daran, sie könnten ihm folgen."

"Alles klar, capitano, aber du bist ihnen wieder einen Schritt voraus." Philipp zieht die Jacke an und tippt mit Zeige- und Mittelfinger an seine Wollmütze. "Ci vedremo presto."

Philipp und Locher treffen kurz nach acht ein.

"Ich wollte ganz sicher sein, dass uns niemand folgt. Jetzt bin ich's." Philipp zieht seine Jacke aus und bedeutet Locher, das gleiche zu tun. Sibyl hat Recht gehabt. Alle Grosspurigkeit ist aus seinem Gebaren verschwunden. Ein armes Würstchen. Locher beginnt stockend zu erzählen, nachdem ihm Pietro die Bedingungen genannt hat. Es wird eine lange Nacht werden.

Ich bin Stephanos Kaloumenas das erste Mal vor etwa fünfzehn Jahren begegnet. Meine damalige Frau und ich machten Yachtferien im Dodekanes und hatten für jenen Abend den Ormos Pserimos auf dem gleichnamigen Inselchen zum Übernachten gewählt. Ich weiss das noch so genau, weil mir nur schon die kurze Strecke von Kardamena auf Kos bis zu unserem Liegeplatz auf den Magen geschlagen hatte und ich gottenfroh war, bald wieder festen Boden unter den Füssen zu haben. Meine Frau war die Seglerin. Ich genoss nur gerade das Essen, den Wein und das Faulenzen an Deck in der warmen griechischen Sonne. Von mir aus hätte man jeden Tag in einer geschützten Bucht Windstille und flache See abwarten können, um dann unter Motor in den nächsten Hafen der Musse zu schippern. Aber Alice wollte möglichst viel und bei allen Verhältnissen segeln. Sie war richtig angefressen.

Als wir eben ins Beiboot steigen wollten, um an Land zu gehen, lief sie ein. Sie war ein Traum von einem Schiff.

Sicher über 60 Fuss, schneeweiss und yawl-getakelt. Sie fiel jedem auf, der sie sah: alter Riss, perfekte Linien. Alles an dem Schiff strahlte Macht und Reichtum aus. Statt ans Land zu fahren, näherten wir uns der Yacht unter gedrosseltem Aussenborder und zogen einen respektvollen Kreis um die ankernde Schönheit.

Stephanos, der Eigner, stand über die Heckreling gebeugt mit einem Sundowner in der Hand und einer Zigarre im Mund und wandte seine Aufmerksamkeit vom Sonnenuntergang meiner Frau zu. Alice ist immer eine aparte Erscheinung gewesen, und sonnengebräunt und sportlich, wie sie nach zehn Tagen Törn aussah, ihr rotbraunes Haar zu einem losen Knoten aufgesteckt, hatte auch ich mich wieder frisch in sie verliebt. Alice aber hatte weder Augen für mich noch für Kaloumenas. Sie schien von der Ariadne, so hiess die Yacht, hypnotisiert zu werden.

Ich hatte Hunger und wollte an Land. Aber wir verbrachten jenen Abend an Bord der Yawl und wurden von Kaloumenas nach Strich und Faden verwöhnt.

Alice und ich trennten uns im folgenden Jahr unter beidseitigem Einverständnis. Ich konnte ihr nie nachweisen, dass sie ein Verhältnis mit Stephanos begonnen hatte, aber ich hätte von mir aus den Kontakt mit ihm sicher nicht gesucht.

Durch die Trennung verlor ich den Boden unter den Füssen. Zuerst bemerkte ich es nicht. Wahrscheinlich war ich der Letzte, der bemerkte, wie es mit mir abwärts ging.

Alice und ich hatten nie eine tiefe Seelenverwandtschaft gespürt. Gemeinsame Freunde sahen unsere Beziehung wohl eher als kühl an. Viele dachten wahrscheinlich, ich hätte Alice ihres Geldes wegen geheiratet. Vielleicht dachte ich das selber manchmal. Aber nach der Trennung merkte ich, dass ich Alice liebte, wie ein Kind seine Eltern liebt. Sie hatte mir Selbstvertrauen und Sicherheit gegeben. Dank ihr stellte ich meinen Mann im Beruf und unter Menschen. Diese Heimat ist mir mit ihrem Weggang abhanden gekommen.

Geschäftlich kam eine schwierige Zeit. Obwohl Alice mich nie drängte, wollte ich ihr nach der Trennung wenigstens die Hälfte ihrer investierten Mittel auszahlen. Ich hatte mit einem Partner zusammen eine Treuhand- und Anlageberatung aufgebaut, die über die Jahre gewachsen war und einiges abwarf. Aber nachdem ich Alice ausgezahlt hatte, begann es schief zu laufen. Irgendwie kam ich nicht mehr an neue Kunden heran. Und wenn es mir gelang, ein Geschäft an Bord zu ziehen, stellte es sich nach einiger Zeit oft als wenig lukrativ oder sogar als Verlust heraus. Mein Partner begann zu murren. Mein Selbstwertgefühl sank weiter.

Vielleicht wollte ich meinen persönlichen und geschäftlichen Misserfolg zunehmend mit jungen, gut aussehenden Frauen kaschieren, die ich zu den zahlreichen Gelegenheiten einlud, bei denen ich mich in Gesellschaft sehen lassen musste. Alice und ich hatten keinen grossen Bekanntenkreis aufgebaut in den acht Jahren unseres Zusammenseins. Ich weiss nicht mehr, wer oder was mich auf die Idee brachte, einen Escortservice anzurufen. Aber die ersten Erfahrungen waren positiv für mich: Die jungen Damen boten in jeder Beziehung gepflegte, gehobene Unterhaltung. Die Spesen liess ich über das Geschäft laufen. Ich schien mich aufzufangen.

"Nehmen Sie einen Schluck Wasser und bedienen Sie sich, wenn Sie Hunger haben. Wir haben Zeit." Paolos Stimme war leise und einfühlsam. "Es ist immer schwierig, wenn uns im Dunkeln ein Licht erscheint. Wir Menschen lechzen nach Erlösung, auch wenn sie uns Kopf und Kragen kostet."

Ich war geblendet. Ich dachte, meine Wunde heile langsam. Um den Mädchen zu imponieren, machte ich mich erfolgreicher als ich war. Ich begann, ihnen das Geld nachzuwerfen, wurde süchtig nach Anerkennung. Und sie spielten das Spiel besser als ich.

Meine Verletzung begann zu eitern. Begleitung und witziger small talk genügten immer weniger. Die Sucht hatte mich in ihrem Netz. Die Frauen wechselten, die Ansprüche stiegen. Mit ihnen der Preis. Das Schäbigste an der Prostitution ist vielleicht die Geilheit auf das Geld. Und genau dafür habe ich diesem Teufel meine Seele verkauft.

Locher lässt den Kopf in die Hände sinken und schweigt.

Er wirkt müde und ausgelaugt. Mit einem Taschentuch wischt er sich die Stirne. Monica hält ihm ein Glas Wasser hin und einen Teller mit Oliven, Brot und Salami. Als er den Kopf hebt, lächelt sie ihn scheu an. Locher nimmt das Glas und schüttelt den Kopf – über ihr Lächeln oder über den Teller? Ich weiss es nicht.

Ich war schneller pleite, als ich je gedacht hätte. An einem stürmischen Frühlingstag im April 82 eröffnete mir mein Partner, dass ich genau zwei Möglichkeiten hätte. Entweder überschrieb ich ihm meine Anteile an der Firma, oder er werde in einer der nächsten Sonntagszeitungen meine Wäsche waschen lassen. Öffentlich, genüsslich, mit Auflage förderndem Bildmaterial. Das Schwein hatte mich drei Monate lang von einem Privatdetektiv beschatten lassen. Und einige der Frauen sich den Zustupf gerne verdient.
Ich verkaufte meine Eigentumswohnung und wohnte zur Miete. Das verschaffte mir etwas Luft, obwohl ich meinem gewesenen Partner hundertachtzigtausend zurückzahlen musste, mit denen ich über das Geschäftskonto meine Leidenschaft finanziert hatte.

Dann begannen die gesundheitlichen Probleme. Ich konnte nicht mehr schlafen und fühlte mich zerschlagen und ausgelaugt. Nur in den Armen einer meiner teuer bezahlten Geliebten ging es mir für Stunden besser. Ich wusste selber, dass ich mir diese Art von Therapie nicht mehr lange leisten konnte. Und dass sie nicht die Kur, sondern eine der Wurzeln des Übels war. Immer häufiger litt ich an Potenzstörungen. Viagra war damals kein Thema. Geändert hätte es in meinem Fall sowieso nichts.

Wenn man tief genug fällt, küsst man die Hand, die einen schlägt. Nicht nur im Salon. Absolut. Ich war tief genug gefallen. Und begann, Erkundigungen über Kaloumenas einzuziehen. Wahrscheinlich sah ich in ihm die Ursache all meiner Leiden. Er wurde zur fixen Idee meines Scheiterns. Ich hasste und bewunderte ihn zugleich. Und schwor mir, ihn für mein Unglück büssen zu lassen.

Weil ich mich einmal auf das Gebiet der Finanzen und

Transaktionen verstanden hatte, begann ich dort mit meinen Nachforschungen. Wer eine solche Yacht besass und Alice und mich derart zu bewirten verstand, musste in der Finanzwelt Spuren hinterlassen.

Nach drei Wochen intensiver Recherche begann sich ein Bild abzuzeichnen. Stephanos Kaloumenas rechnete in Milliarden. Drachmen allerdings, aber immerhin. Den Grundstock seines Vermögens musste er in den 60er und 70er Jahren unter dem Obristenregime gelegt haben. Er begann wohl mit Waffen, Zigaretten und Drogenschmuggel. Irgendwie gelang es ihm, sich für die Diktatoren unentbehrlich zu machen. Wahrscheinlich erledigte er einige Dreckjobs zu ihrer Zufriedenheit und wusste danach zu viel, um wieder in der Versenkung zu verschwinden. Genau weiss ich es nicht, die Quellen waren nicht alle glaubwürdig. Heute bin ich mir sicher, dass er den alternden Despoten schon früh in seiner Karriere junges Fleisch anbot. Mädchen aus dem Ostblock, die hinter dem eisernen Vorhang alle ihre Träume beerdigt hatten, bis Stephanos und seine Leute sie mit ihren Versprechen in die Falle lockten.

Als ich genug über Kaloumenas zu wissen glaubte, flog ich nach Athen. Ich wollte ihn mit meinen Enthüllungen zwingen, mir Geld oder wenigstens einen Job zu geben. So naiv war ich.

Er war mir haushoch überlegen. Während ich mir noch überlegte, wie ich ihn zwingen könnte, mich zu empfangen, liess er mich in meinem Hotel in einer seiner Limousinen von einer der erotischsten Frauen abholen, die mir je in meinem Leben begegnet sind. Ich erinnere mich, während der ganzen Fahrt nach Glyfada hinaus kein vernünftiges Wort herausgebracht zu haben. Ich starrte unentwegt auf den Hinterkopf des Chauffeurs, weil ich fürchtete, bei einem auch nur flüchtigen Blick auf ihren Mund, ihren Busen oder ihre Beine so hart zu werden, dass ich nicht mehr aus dem Fond der Limousine klettern konnte.

Die Unterredung mit Kaloumenas dauerte damals wohl wenig mehr als eine Viertelstunde. Ich brauchte ihn nicht um einen Job zu bitten, geschweige denn, ihn zu erpressen. Was mir, wie ich heute weiss, eh nie gelungen wäre.

Er schien aufrichtig erfreut zu sein, mich in seinem Unternehmen unterzubringen. Ich sollte ihn bei seinen Finanzanlagen auf und internationalen Transaktionen über Schweizer Banken beraten. Bei Eignung stellte er mir die Prokura und weitergehende Entscheidungsbefugnisse in Aussicht. Das Salär war grosszügig, ohne überrissen zu wirken. Seine fringe benefits stünden bei seinen Mitarbeitern in hohem Ansehen. Alles top seriös.

Wir waren uns schnell einig. Ich hatte keine Chance gegen den gerissenen Fuchs.

Die Fahrt zurück führte nicht mehr in mein Hotel. Helena brachte mich in ihrem Penthouse am Lykabetos unter. In jener Nacht stieg meine Achtung vor Kaloumenas' fringe benefits ins Unermessliche. Sie machte mich zum Herr der Ringe. Ich werde wie Gollum enden.

Ich hatte nicht bemerkt, wie die Zeit vergangen war. Locher erzählte leise, mit langen Pausen, wo ihn die Erinnerungen einzuholen schienen. Aber fliessend zwischen den Abschnitten, deutlich artikulierend, als wolle er verhindern, dass auch nur eine Silbe seines Vermächtnisses verloren gehe.

Ich erinnere mich genau, dass mir dieser Begriff in den Sinn kam: Vermächtnis. Es war beinahe halb zwölf nachts. Ich schaute auf meine Uhr, als ich die Toilette aufsuchte. Als ich zurückkam, ass Locher eine Kleinigkeit und nahm ein paar Schlücke aus der Flasche Bier, die vor ihm stand. Ich setzte mich wieder in meinen Sessel neben Doreen und nahm ihre Hand. Sie schien aus weiter Ferne zurück zu kommen. Ich nickte ihr fast unmerklich zu und sie lächelte beinahe spurlos zurück. Ich hatte das Gefühl, ihr nahe zu sein.

Zurück in der Schweiz liess sich alles bestens an. Kaloumenas rief mich im Durchschnitt zweimal die Woche an und gab mir kompetent und präzise Anweisungen. Nie vergass er, mich nach meinem Befinden zu fragen. Ganz der besorgt anerkennende Chef. Ich fühlte mich jeden Tag besser.

Die Transaktionen und Anlagen, die ich für ihn vorzunehmen hatte, variierten enorm in ihrer Höhe und Dringlichkeit. Manchmal ging es um eine Anzahl kleinerer Beträge, die ich auf diverse Konten im In- und Ausland girieren musste. Dann wieder standen Beträge in Millionenhöhe an. Fast immer in Dollar, manchmal in Schweizerfranken. Die beteiligten Banken und Geldinstitute stellten keine Fragen, die Transfers wurden immer anstandslos innert der gewünschten Frist erledigt. Noch vor Ablauf des ersten Jahres erhielt ich die Prokura.

"Ist Ihnen nie aufgefallen, dass die Konten vor allem mit Bargeldeinzahlungen geäufnet wurden. Die entweder sehr oft oder in ungewöhnlicher Höhe eintrafen?" Doreen legt die Frage Locher vor, als ob sie sich Sorgen macht, er könnte den Faden verloren haben. Locher wendet ihr den Blick zu und schweigt. Ob er sich wundert, woher sie das weiss?

Solange ich nicht unterschriftsberechtigt war, wurde ich über die Herkunft der Gelder im Unklaren gelassen. Als mir später klar wurde, dass die Einnahmen grösstenteils auf Einzahlungen am Schalter und Überweisungen von Regierungsstellen im Ausland beruhten, steckte ich bereits zu tief mit drin. Kaloumenas hatte es geschafft, mich bei meiner Schwäche für das schwache Geschlecht zu packen. Nur brauchte ich dieses Mal kein eigenes Geld in die Hand zu nehmen. Stets hiess es nach meinen Ausflügen in die Welt des schönen Scheins, die Kosten gingen auf den Besitzer des Hauses. Die bequemten sich dazu, weil sie von S. K. mit neuen Arbeitskräften versorgt werden wollten. Aber das wusste ich damals nicht.

Nach etwa drei Jahren wurde mir klar, dass Kaloumenas sprudelnde Einkünfte grösstenteils auf Schmuggel, Rauschgift und Mädchenhandel beruhten. Aber auch, dass er Einfluss und Kontakte bis in die höchsten Schichten der Politik und Wirtschaftselite besass. Und dass er seine Macht- und Geldgier, falls die überhaupt sein Antrieb sind, im Griff hatte. Dass er warten konnte.

Er ist ein Meister des Abwartens. Das macht ihn so gefährlich. Ich war ihm nie gewachsen.

Wieder scheint Locher den Faden verloren zu haben. Sein Blick ruht auf mir, ohne mich zu sehen. Er ist leer. Ohne Angst, aber auch ohne Zuversicht. Sibyl räuspert sich, will ihn wahrscheinlich etwas fragen. Da fährt er weiter.

Jedes Jahr zog mich Stephanos Kaloumenas mehr in sein Vertrauen. Er begann in grossem Stil in Liegenschaften in Zürich und Genf zu investieren. Ich war sein Strohmann. Und begann zu verstehen, dass er dem zunehmenden Druck aus dem ehemaligen Ostblock etwas entgegensetzen wollte. Die Russenmafia sollte einen angemessenen Preis für ihren Einstieg ins Milieu berappen müssen. Entweder das, oder ihm ein grosses Stück des Kuchens zugestehen. Zeitweise eröffneten wir jeden Monat einen bis zwei Clubs in den beiden Städten oder deren Peripherie. Ich verdiente besser als zu meinen besten Zeiten als Treuhänder und Anlageberater. Meine Mietwohnung diente mir nur noch als Treffpunkt und Liebesnest. Ich wohnte wieder standesgemäss am linken Seeufer, bevor der Mann mit der Fliege den Ort für sich und seine Bank entdeckte.

Von mir aus hätte es ewig so weitergehen können.

"Aber da erschien ich auf der Bildfläche, nicht wahr? Zuerst nur als irritierender Schatten im farbenfrohen Treiben, nehm ich an."

Sibyl hat sich nach vorn gebeugt und sieht Locher in die Augen. Der weicht ihrem Blick aus.

"Ich hatte mich seit meiner Anwaltsprüfung mit dem Los jener Frauen beschäftigt, die zuerst aus dem Fernen Osten und dann aus immer kürzerer Distanz als Tänzerinnen, Callgirls und Masseurinnen in die Schweiz geholt und hier ausgebeutet wurden. Und mir wurde bald einmal klar, dass nicht die Frauen hinter Gitter und ausgeschafft gehörten, sondern jene Typen in den feinen Anzügen, die die Fäden im Hintergrund zogen und die grosse Kohle scheffelten. Männer wie unser Gast hier. Aber an die ist nicht so leicht heranzukommen. Und noch schwieriger ist es, ihnen etwas zu beweisen. Deshalb musste ich den Einsatz erhöhen und mich als Frau mit ihnen auf gleiche Stufe stellen."

"Was Ihnen mehr als gelungen ist." Lochers Stimme klingt eher müde als gereizt.

"Du hast mich am Telefon nie gesiezt – bleiben wir doch beim freundschaftlichen Du. Jedenfalls begann ich, deine Kreise zu stören, nachdem du an meinem Service Gefallen gefunden hattest, oder?"

"Empfindlich zu stören." Locher zündet sich eine Zigarette an. Die Flamme in seiner Hand zittert. "Kaloumenas hatte mich gebeten, in die Politik einzusteigen. Er sagte immer wieder, in unserem Geschäft gäbe es keine Sicherheiten, nur Beziehungen. Und die müsste man pflegen. Das sei das Wichtigste.

Als ich durch einen Parteigenossen von Julias Service erfuhr, war ich bereits nach wenigen Anrufen hingerissen. Es gibt so viel Schund und billige Abzockerei auf diesem Markt. Hier endlich war eine Frau, die intelligent und hoch erotisch ihr Metier verstand. Der Preise war hoch, aber für Qualität sind viele bereit, viel zu zahlen. Nach einem Monat hatte sie mich an der Angel."

"Und nach drei Monaten merkte ich, dass hinter dir jemand stand, der noch mehr Fäden in der Hand hielt. Also gab ich dir meine Adresse und die Möglichkeit, mich in natura kennen zu lernen."

"Das warf mich am Ende vollends aus der Bahn." Lochers Augen sind geschlossen, als horchte und sähe er in sich hinein. Als er sie wieder öffnet, fixiert er Pietro. "Ich hatte schon früher ein paar Mal Vorladungen der Polizei erhalten. Aber sie hatten mir nie etwas Konkretes zur Last legen können. Doch dann nahm der Druck plötzlich zu. Die andere Seite schien neuerdings im Besitz präziserer Informationen zu sein: Aussagen von Frauen, die sich über erpresserische Drohungen ihrer Arbeitgeber beschwerten und diese auf einmal bewiesen konnten; Schutzgeldzahlungen von Clubbesitzern, bei denen mein Name auftauchte; Gerüchte über meine sexuellen Vorlieben unter meinen Parteikollegen und in meinem politischen Umfeld.

Überall begann der Sack zu rinnen. Ich bekam Albträume."

"Und erzähltest mir, du wollest aussteigen."

"Das hatte ich vor. Aber von einer wir dir kommt einer wie ich nicht so schnell los. Und das wusstest du. Und auch an mein zweites luxuriöses Leben hatte ich mich wieder gewöhnt. Zunehmen fällt so viel leichter als abzunehmen. Der Teufel steckt im Wanst."

"Trotzdem befürchtete ich, du könntest dich verabschieden und mich sitzen lassen mit dem Wenigen, das ich trotz grossem Einsatz über dich und Kaloumenas herausgefunden hatte. Als Anwältin wusste ich, dass es für dich mit Glück zu einer bedingten Gefängnisstrafe, für Kaloumenas kaum zu einer Vorladung reichen würde."

Sibyl war als Anwältin so umwerfend wie als Frau. Lochers Gesicht verlor mit einem Schlag alle Farbe, die sich während der letzen Stunden mühsam dort gehalten hatte. Er schaute Sibyl völlig entgeistert an.

"Du bist Anwältin. Und hast gegen mich und K ermittelt." Es waren nicht einmal mehr Fragen. Nur noch Feststellungen. Der Mensch stirbt, wenn er die letzte Hoffnung verliert. Sibyl nickte. Monica reichte ihm ein Glas Wasser.

"Sie sind starke Gegner gewesen. Doreen, Sibyl und ich mussten all unsere Fähigkeiten mobilisieren, um Ihnen das Wasser zu reichen. Ich bedaure, dass wir Ihnen auf unwürdigem Boden gegenübertreten mussten. Ich hätte gerne mit Ihnen Schach gespielt. Vielleicht ergibt sich die Gelegenheit, wenn Sie es ruhiger angehen müssen." Pietro scheint es wie immer ehrlich zu meinen. Um Lochers Züge spielt ein ganz leises Lächeln.

"Ich hätte gerne mehr Leute wie Sie kennen gelernt. In den Kreisen, in denen ich verkehrte, ging es immer um Macht und Egoismus. Selbst unter Freunden. Das zehrt an den Kräften." Wieder scheint Locher in der Vergangenheit zu versinken. Als er zurückkehrt, stellt er die Frage fast aggressive: "Und weshalb bist du dann von einem Tag auf den andern verschwunden?"

"Das war meine Idee." Pietros Stimme ist ruhig und beruhigend. "Uns war im Laufe der Auseinandersetzung mit Ihnen und vor allem Kaloumenas klar geworden, dass wir zu drastischeren Mitteln greifen mussten. Sie beide sind zu schlau, um sich selber an das Messer zu liefern. Und trotz Ihrer Schwäche für spezielle Erotik scheint Ihr Gehirn nicht völlig fremd gesteuert zu werden von Ihrem Bauch. Darin haben wir Sie eindeutig unterschätzt." Pietros Nicken in Ls Richtung ist angedeutet, aber für alle sichtbar. "Ich schlug vor, Ihnen und Ihrem Partner etwas von Ihrem Selbstvertrauen zu rauben, indem wir Ihre Fäden zu verwirren versuchten. Ich war allerdings selber überrascht von Ihrer Reaktion. Sie waren es doch, der die Wohnung anzünden liess? Oder irre ich mich da?"

"Wahrscheinlich irren Sie sich selten – oder irre ich da?" Locher hat etwas von seiner Schlagfertigkeit zurück gewonnen. Pietro holt das Beste aus jedem heraus.

"Der Verlust des Augenlichts hilft, sich weniger zu verirren. Man ist sich seiner Hilflosigkeit klarer bewusst." Dame b3 schlägt auf f7. Locher geht einer weiteren Deckung verlustig. Er weiss, dass er verloren hat. Hofft auf einen schönen Abschluss.

"Ich bekam Panik und liess es Kaloumenas spüren. Das war falsch. Aber plötzlich stand so viel auf dem Spiel. Ich hatte bei meinen Besuchen bei Julia bemerkt, dass wahrscheinlich Aufzeichnungen der Telefongespräche und von Kundenbesuchen existierten. Gegen direkte Erpressung glaubte ich mich zur Wehr setzen zu können. Aber als Sibyl verschwand, fürchtete ich, Beweise könnten in die falschen Hände geraten. Ich bat Kaloumenas, etwas zu unternehmen. Dass er bereits am nächsten Tag die ganze Wohnung abfackeln liess, hätte ich nie geglaubt. Aber so ist er. Er kennt keine Kompromisse."

"Weshalb sind Sie denn nach dem Brand bei Julia nicht ausgestiegen? Auch wenn Sie nicht wussten, ob wir Kopien der Aufzeichnungen besassen, wäre das doch für Sie der beste Zeitpunkt gewesen. Immerhin hatten Sie auch etwas gegen Kaloumenas in der Hand mit der Brandstiftung." Lochers trockenes Lachen unterbricht mich.

"Versprechen Sie mir, sich nie mit dem Griechen anzulegen, junger Mann. Er würde Sie in der Luft zerreissen und zum Frühstück verspeisen.

Als ich nach dem Brand für einige Tage nach Griechenland abtauchte – zu meiner Sicherheit und um Stephanos ein wenig auf den Zahn zu fühlen – spielte er mir auf Spetsai unsere kleine Konversation vor, in welcher ich ihn um Unterstützung nach Julias Verschwinden... Weshalb nennen Sie mir nicht Ihren richtigen Namen? Julia heissen Sie bestimmt nicht." Lochers Stimme klingt auf einmal aggressiv.

"Romeo und Julia – unter diesem Namen haben wir die ganze Aktion seit mehr als zwei Jahren geführt. Ich glaube, wir belassen es dabei bis zum Abschluss. Leider haben Ihre und Kaloumenas Geschäfte nichts mit Liebe zu tun, aber wir alle, die in diese Sache involviert sind, haben stets den Eindruck gehabt, am Ende bliebe vor allem Schmerz und Trauer." Pietro tönt wirklich bedrückt. Ich schäme mich plötzlich meines Triumphgefühls, das sich mit dem Auftauchen Lochers in mir breit gemacht hat.

"Aber erzählen Sie uns, was Kaloumenas Ihnen auf Spetsai vorgespielt hat."

"In meiner Panik hatte ich nicht bemerkt, dass dieser schlaue Fuchs unser ganzes Gespräch so gesteuert hatte, dass ein nicht informierter Dritter ohne weiteres zum Schluss kommen musste, ich wollte Julias Appartement in Flammen aufgehen lassen, um belastendes Beweismaterial zu zerstören. Er hatte mich einmal mehr ausgetrickst und in der Hand. Ich sah meine mühsam gesammelten, weichen und luxuriösen Felle davonschwimmen."

"Und deshalb haben Sie weiterhin Hand geboten, für Kaloumenas Geld in der Schweiz zu waschen." Ich höre die Verachtung in Doreens Stimme. Locher jedoch scheint nur noch unendlich müde zu sein.

"Ich wusste weder ein noch aus. Aber Kaloumenas muss gespürt haben, dass ich auf dem Absprung war. Ich wusste einfach nicht, wie ich ihn loswerden konnte. – Er hat es offenbar bereits gewusst und mir die Falle mit Monica gestellt. Aber so heissen Sie ja sicher auch nicht mit richtigem Namen."

"Sie sind müde. Schlafen Sie jetzt erst einmal. Hier sind Sie für achtundvierzig Stunden sicher. Morgen werden Julia, die Dame zu meiner Rechten und ich Sie zu den Geschäftsbeziehungen mit Kaloumenas befragen. Sie werden Ihre Aussagen gedruckt vorfinden und unterzeichnen. Damit hoffen wir Stephanos Kaloumenas für einige Jahre hinter Gitter zu bringen. Das ist Ihre Chance. Wir mussten ihm heute per Kurier die Aufzeichnungen Ihrer letzten *Romeo und Julia*-Episode bei Monica zukommen lassen. Wir haben uns etwas einfallen lassen, damit Kaloumenas erst in knapp einer Woche bemerkt, dass das Material wertlos für ihn ist, weil sich die Daten selbst zerstört haben. Bis dann muss er in Untersuchungshaft sitzen und Sie müssen abgetaucht sein. Wir helfen Ihnen dabei, wenn Sie uns helfen. Sollten Sie die Zusammenarbeit mit uns aufkünden, sind Sie der Rache Ihres Chefs ausgeliefert und wir werden versuchen, Sie mit allem, was wir über Ihre illegalen Geschäfte wissen, vor den Richter zu bringen." Pietros Stimme ist klar und ruhig. Er nimmt einen Schluck Wasser und sieht Locher an, als ob er sehen könnte. Ich weiss, dass er es kann.

"Weshalb geben Sie mir diese Chance – wenn es denn eine ist? Sie alle müssen mich doch zutiefst verachten? Weshalb tun Sie das für mich?" Locher schüttelt seinen Kopf. Dann starrt er wieder vor sich hin wie vorher, als Pietro zu ihm sprach.

"Es ist mir nie um Rache gegangen, und ich habe schon bald gemerkt, dass du nicht aus jener unerträglichen Mischung von materieller und sexueller Gier, Menschenverachtung und krankhaftem Geltungs- und Machtdrang in diesem Drecksgeschäft mitgemacht hast. Du hast ein paar Mal Pech gehabt im Leben – als dich deine Frau für diesen Dreckskerl verliess, als dein Partner deine Schwäche schamlos ausnützte und dich finanziell ruinierte, als du an mich gerietest und dich von meinem Service blenden liessest. Wenn K das Handwerk gelegt worden ist, kannst du den Rest deines Lebens noch zu etwas Sinnvollem einsetzen. Es gibt Tausende von Menschen, denen du zu einem etwas besseren Alltag verhelfen kannst. Ich möchte dir diese letzte Chance vor der grossen Abrechnung geben. Denn ich glaube an die göttliche Buchhaltung. Tut mir leid."

Sibyl ist und bleibt ein Rätsel für mich. Und ich scheine nicht der Einzige zu sein. Pietro lächelt ihr zu. Sie lächelt zurück. Ich sehe, dass sich die beiden verstehen, und nehme Doreens Hand.

"Andiamo dormir."

Der Sonntag Morgen ist grau verhangen, aber es regnet nicht mehr. Noch vor dem Frühstück, das sich jeder selber zubereitet in der wohl ausgestatteten Küche, gehen Doreen und ich auf einen Spaziergang in der frischen Morgenbrise, die von Nordosten über den grauschwarzen See herüberweht. Als wir nach einer guten halben Stunde zurück kommen, finden wir Monica, Silvia und Philipp bei der Morgengymnastik.

"Das würde deiner Figur auch nicht schaden, mein Lieber." Doreen stösst mir neckend den Ellbogen in die Seite.

"Ich bitte dich, ich habe heute morgen mit dir mehr Kalorien verbrannt, als mir diese zwei feschen Girls mit ihren Sinn tötenden Schrittkombinationen und unkoordinierten Armbewegungen je abverlangen könnten."

"Immerhin scheint es Philipp gut zu bekommen. Der Kerl geht doch auch schon gegen die Vierzig, oder?"

"Deshalb strengt er sich in Gegenwart der beiden jungen Frauen ja auch so an. Aber bitte, wenn du mich unbedingt in die Arme einer Andern treiben willst: Ich kann Monica ohne weiteres bei ihren Übungen Hilfe leisten."

"Sie braucht weder erste noch deine Hilfe, wenn ich das als Frau richtig beurteile. Und jetzt verwöhnst du mich besser mit einem opulenten Frühstück. Ich habe nämlich auch ganz schöne Kalorien für dein Vergnügen eingesetzt."

"Und dabei erzähltest du mir mit glänzenden Augen, ich sei sooo gut gewesen!" Aber Doreen hat sich bereits mit ihrem fröhlichen Lachen von mir getrennt, bevor ich ihr einen freundschaftlichen Knuff verabreichen kann, den dreien auf der Terrasse zugewinkt und ist im Haus verschwunden. Ich stähle meinen Körper noch etwas mit Passivgymnastik. Die drei sind wirklich ziemlich fit. Da muss doch etwas für mich abfallen.

Pietro, Sibyl und Doreen blieben den ganzen Rest jenes Sonntags Mitte Februar damit beschäftigt, Locher zu befragen und seine Aussagen zu seinen und Stephanou Kaloumenas Geschäften und Beziehungen zu protokollieren. Als sich nach zehn Uhr abends endlich die Türe zum Arbeitszimmer öffnete, kam ein grau erschöpfter Locher heraus und begab sich sogleich auf sein Zimmer. Auch die Troika war müde, aber als wir noch bei einem kleinen Imbiss zusammensassen, erzählten sie uns andern, dass es optimal gelaufen sei und Lochers Aussagen brisant und präzise seien. Nach anwaltlichem Ermessen würde es für acht bis zehn Jahre genügen, womit sich selbst ein Mann mit Kaloumenas Beziehungen auf vier bis fünf Jahre weg vom Business gefasst machen musste.

"Und bis dann sind eh die aus dem früheren sozialistischen Paradies Vertriebenen am Drücker." Die Verbitterung in Sibyls Stimme war deutlich zu hören.

"Du kannst nicht all das Verwerfliche dieser Welt bekämpfen und verhindern, Prinzessin. Du hast mehr getan, als die meisten, die ich kenne. Und ich kenne einige gute Leute, glaub mir." Pietro legte liebevoll den Arm um Sibyls Schulter, zog sie an sich und küsste sie zärtlich auf die Stirne und hinters Ohr. Sie strich ihm mit der Hand durch seine dichten, wilden Locken.

"Ich weiss, professore. Und ich verspreche dir auch, mich nicht gleich wieder in ein Abenteuer wie dieses zu stürzen. Aber ich kann nun einmal nicht ausstehen, wenn die Mächtigen und Einflussreichen dieser und der Halbwelt ihre Moral im Vorzimmer ihrer Interessen abgeben."

"Und dafür liebe ich dich ja auch, tesoro mio."

Ich schlief unruhig in jener Nacht.

Am nächsten Morgen war Locher verschwunden. Philipp lief wie ein verwundeter Tiger im Haus herum, machte sich schreckliche Vorwürfe, weil er nicht besser auf seinen Schützling aufgepasst habe, wie er sich ausdrückte, und machte alle mit seiner Nervosität verrückt.

Um zehn Uhr rief uns Pietro zusammen.

"Wir haben damit rechnen müssen, dass Locher sich davonmacht, sobald er sein Geständnis abgelegt hat. Und du, Philipp, brauchst dir keine Vorwürfe zu machen. Ob er heute gegangen ist oder erst in ein paar Tagen, spielt keine Rolle. Du hättest ihn nicht für den Rest seiner Tage beschützen können."

"Aber wenigstens so lange, bis K weggesperrt ist! Hör auf zu versuchen mich zu beruhigen. Ich mache mir einfach Vorwürfe." Philipp war wirklich untröstlich.

"Entweder traut sich Locher zu, selber auf sich aufzupassen…"

"Oder?" Ich verstand nicht, weshalb Sibyl ihren Satz nicht beendete.

"Oder er hat nach seiner Aussage Frieden mit sich geschlossen und keine Angst mehr vor Kaloumenas Drohungen." Pietro sprach mehr zu sich selber als zu uns.

"Ich würde ihm dieses Stück Frieden gönnen. Er kam mir so gehetzt und zerrissen vor." Monica sah traurig aus. Wir, die wir nicht an der Befragung Lochers dabei gewesen waren, begannen zu verstehen, dass während den zwölf Stunden hinter verschlossener Tür Entscheidendes passiert war. Maybe the last Samurai had made his peace. The American, not the Japanese.

Vor zehn Tagen soll der Grieche aus dem Gefängnis entlassen worden sein. Er sass zehn Jahre lang und hat uns alle positiv überrascht. Nicht er, die griechische Justiz natürlich. Aber nachdem mit Sibyls und Pietros Hilfe der Prozess in Athen angerollt war, kamen ja auch noch unglaubliche Sachen ans Licht. Bestechung hoher Regierungsbeamter und zweier Minister, drei Auftragsmorde an Drogenkurieren aus dem ehemaligen Ostblock und der Türkei, Prostitution mit Jugendlichen und Kinderpornographie. You name it – he did it.

Sibyls Anwaltskollege in Griechenland hatte ihr mitgeteilt, seiner Ansicht nach bestünde keine Gefahr mehr für uns. K sei ein gebrochener Mann. Er werde ihn aber noch einige Zeit im Auge behalten.

Ja, wir sehen uns alle noch immer ab und zu. Meistens bei Pietro oder Monica, mindestens dreimal im Jahr. Falsch: bei Pietro und Sibyl. Die beiden sind ein Paar. Wie Silvia und Philipp. Schon über das verflixte siebte Jahr hinaus. Die Bekämpfung des Verwerflichen verbindet. Eigentlich schön.

Wir segeln auch immer noch zusammen. Letzten Herbst waren wir in Kos. Bis hinauf nach Patmos und zurück. Die Höhle, in der die Offenbarung niedergeschrieben worden sein soll, hat mich beeindruckt. Weil der Blick aus ihr über liebliche Landschaft und Meerengen schweift. Vielleicht meint es die Apokalypse Gottes doch gut mit uns.

Monica war nicht dabei. Sie wollte ihre Mitarbeiterinnen nicht im Stich lassen. So ist sie. Das einzige Etablissement für höchste Ansprüche, das die Betroffenen zu voll Beteiligten gemacht hat. Der beachtliche Profit wird leistungsgerecht aufgeteilt. Und wenn jemand in Not ist, auch einmal bedürfnisgerecht. Schade, dass die Einflussreichen aus Wirtschaft und Politik meistens Entspannung suchen statt Weiterbildung. Sie könnten etwas lernen bei Monica. Und wären dann vielleicht wirklich entspannt.

Ich würde auch hingehen, wenn ich müsste. Aber nur noch dorthin. Das Billige hab ich hinter mir gelassen. Lieber mit sich kämpfen und sich beherrschen als in den Sumpf der

Ostmafia abzusteigen, die seit ein paar Jahren Zürichs Sexgeschäft beherrscht. Monica ist die letzte Bastion. Ich würde zu ihr gehen.

Aber ich gehe nicht. Doreen hat sich meiner angenommen. Sie ist eine wunderbare Frau. Seit zehn Jahren. Und ich möchte, dass es immer so bleibt.

Wir sind oft auf dem See zusammen. Hier in Zürich. Oft mit Monica. Sie liebt das Wasser noch immer. Wann immer es uns möglich ist, auch auf dem Lago Maggiore. Wenn wir Sibyl und Pietro besuchen. Wir können die Dehler eines Freundes Pietros benutzen, die im Hafen von Canobbio liegt. Er ist uns äusserst dankbar, weil sie dank unserer Segelleidenschaft nicht in der Box lag, als die ganze moderne Steganlage ohne Vorwarnung auf Grund ging. Seither will er partout kein Geld mehr von uns. Weshalb wir ihm jedes Mal die Bilge mit ausgesuchten Flaschen füllen. Was uns bei unseren häufigen Ausfahrten oft wieder selber zugute kommt.

Ich weiss nicht mehr, wer die Idee mit den südlichen Sporaden hatte. Wahrscheinlich Silvia. Sie orientiert sich immer an den Wassertemperaturen. Die waren dann letzten Herbst doch nicht so einladend, wie sie sie wünscht. Ich hätte lieber den nördlichen Sporaden einen Besuch abgestattet. Weniger touristisch. Sagt die Yacht. Dann bleibt einem noch ungefähr ein Jahr, bis der Artikel Wirkung zeigt. Und damit zu Recht im Altpapier landet. Ich glaube, er ist letzten August erschienen. Da hatten wir bereits gebucht. Aber dieses Jahr gehts nach Skiathos. Schliesslich bin ich der Skipper. Sofern Doreen einverstanden ist.

Die erste Nacht nach der Übernahme der Yacht im Stadthafen von Kos ankerten wir im günstig gelegenen Ormos Pserimos. Als ich den Logbucheintrag machte, kam mir Locher in den Sinn. Hatte er nicht an eben diesem Ort zum ersten Mal seinen fliegenden Holländer getroffen? Und hatte seit jener ersten schicksalhaften Begegnung nie den Mut aufgebracht, ihm von Seemann zu Seemann ins Auge zu blicken? Punkt, nicht Fragezeichen! L hat sich damit dem Griechen ausgeliefert. Wir und unsere Monster. Secretary, zum Diktat bitte. Das Lachen bleibt dir im Hals stecken. Und es schmerzt.

Wir haben nie mehr etwas von ihm gehört. Als er nach jenem Wochenende bei Pietro vor zehn Jahren verschwand, verlor sich seine Spur, obwohl Philipp während fast eines Jahres beinahe verzweifelt versuchte, etwas über seinen Verbleib in Erfahrung zu bringen.

Einmal hiess es, Locher sei in Bosnien gesehen worden. Er helfe dort beim Wiederaufbau und unterstütze Gemeindebehörden in der Administration und Finanzverwaltung. Aber alle Versuche, Näheres darüber in Erfahrung zu bringen, schlugen fehl. Weder die Bundesbehörden noch das IKRK konnten oder wollten weiterhelfen.

Dann, vier oder fünf Jahre nach seinem Abtauchen, erhielt Pietro ein anonymes E-Mail, das von Lochers Tod in Ostafrika berichtete. Er habe dort unter grossen persönlichen Opfern Aidskranke gepflegt und sich deren Waisen angenommen. Wir konnten den Absender des Mails nie ausfindig machen. Und auch die Nachricht von Lochers Tod wurde von offiziellen Stellen nicht bestätigt. Vielleicht erfuhren wir einfach auch nie davon.

Monica hatte die versprochenen zweihunderttausend Euro von Kaloumenas noch erhalten, bevor die Handschellen zuschnappten. Wahrscheinlich hatte er nie erfahren, dass das Material nur gerade solange von Nutzen war, bis er seine Schulden Monica gegenüber getilgt hatte. Ein anderer von Pietros feinen Zwischenzügen, die er so meisterhaft beherrscht.

Erstaunt war aber selbst er, als nach Weihnachten jenes verrückten Jahres 94 eine Bankavisierung ihm mitteilte, er sei um eine halbe Million Schweizerfranken reicher geworden. Der Auftraggeber wolle anonym bleiben.

Knapp zwei Monate später traf eine Ansichtskarte aus Gibraltar ein. Sie enthielt nur sechs Wörter: *Danke. Der kleine Prinz hat Recht.* Wir waren uns einig, dass die Karte von Locher stammte, auch wenn sich seine Schrift verändert zu haben schien. Aber ausser Ort, Datum und Unterschrift unter seinen Aussagen hatten wir keine Vergleichsmöglichkeit.

Pietro entschädigte uns grosszügig, und irgendwann kam mir zu Ohren, eine aussergewöhnlich hohe Spende sei bei

Donne del Mondo, einer Frauenberatungsstelle, eingegangen.

Vielleicht war unser Einsatz im letzten Jahrhundert doch nicht vergebens. Manchmal verfalle ich in Niedergeschlagenheit und eine milde Form frühzeitiger Altersdepression, wenn ich sehe und lese, wie wenig sich das neue Millennium vom alten unterscheidet. Was Gewalt gegen Schwächere betrifft. Frauen, Kinder, Zivilbevölkerung in Afghanistan, Tschetschenien, Irak, Palästina, Zentralafrika...

Aus Österreich, Chile, Südafrika, Schweden, Spanien, Portugal, Mazedonien, Japan, Kolumbien, El Salvador, Paraguay und den Philippinen sollen sie ihrem Ruf folgen. Aber auch die Kapverden, Malawi, Surinam, Luxemburg, Estland, Lettland und Barbados sind willkommen. Zweiundzwanzig Frauen hat unsere Aussenministerin eingeladen. Nach Genf auf Mitte März. Alles Aussenministerinnen, keinen einzigen Aussenminister. Sie hat Recht. Zum Auftakt der sechzigsten Tagung der UNO-Menschenrechtskommission. Könnte man zur Abwechslung ja auch einmal über Gewalt an Frauen sprechen. Als Mann, meine ich. Jene hundertachtundsechzig Aussenminister, die keine Frauen sind. Plus derjenige des Vatikans. Wenn das Wort überhaupt in seinem Wortschatz vorkommt. Frauen.

Erst vor einem Jahrzehnt ist Gewalt gegen Frauen als Menschenrechtsverletzung anerkannt worden. Auf der Wiener Menschrechtskonferenz. Als wir Locher und Kaloumenas das Handwerk legten. In der Schweiz und in Griechenland. Eigentlich in Italien. Mit Pietro. Der blind ist. Und so viel deutlicher sieht als wir.

Der kleine Prinz hat Recht.